U0016341

你敢不敢一起來？

——路邊攤詭誌錄

路邊攤——著

推薦序

讓單純的恐怖故事，有了各種層次的溫度

奚岳隆

電影情節得以鋪展和延伸最重要元素之一：「懸念」，在恐怖片中被提到了相當的高度。

為了推陳出新，滿足觀眾日益挑剔的欣賞品味，恐怖類型的商業片必須對舊有的驚嚇模組進行改造，形成新的懸疑機制，也不斷刷新著電影語言的表現。而運用影像創造懸念，有時候不見得比文字創造出的想像懸念來得更有魅力。

《你敢不敢一起來？——路邊攤詭誌錄》就是一部在懸念的運用上相當準確且有魅力的作品，不斷吊著觀眾的胃口，往故事的深處走去。

作者運用文字，讓讀者在最後身陷於主角的情緒時，類似如雷灌頂的故事反轉，給了當初所有懸念的解答。

不過只單純運用懸念的恐怖故事，其實已經有點吸引不了重口味的我。路

邊攤卻在恐怖故事中編織上了複雜的人性面，不過這樣的表現卻和恐怖的環節居然交錯得異常完美，讓單純的恐怖故事，有了各種層次的溫度，大大加深了閱讀的感受，恐怖中又唯美，刺激中又帶著樂趣。

說到樂趣，就說到這本書的靈魂核心，因爲裡面的故事似乎都在和你產生互動，覺得不是單純地看著故事，而是作者不斷地在跟你對話。有時也會在故事中迷失，彷彿自己就是故事中的主角一樣，故事內角色的生死，也不再跟你那麼沒有關係，這是一個讓人感覺到背脊發涼的鋪陳。

其中有一段，路邊攤說到他在書中已經賜死了多少人，甚至有可能是人數最多的那一位作者。他把對作品中角色因故事而死的探討，變成了自己對自己的贖罪，創造另一個人物跟自己對話，讓人在看故事的過程中也跟著爲作者捏了一把冷汗。這樣類似人格分裂的表現手法，就更中下懷，是我喜歡作品的節奏。

這本書也是社會寫實面問題的寫照，文中的許多故事常常可以跟社會案件結合，可見作者對社會觀察的細膩。例如廢死或者是隨機殺人案件等等，都用了新的詮釋手法，給予讀者以不同的角度去觀察，讓人有了新的思維，也格外有感。

我是個用影像說故事的工作者，路邊攤是用文字說出影像的創作者。欣賞完整本作品後，心裡是期待的，也由衷地推薦給大家。更或許能夠將這樣優秀的作品搬上大螢幕，讓原本就已經那麼有畫面的商業文學作品，更能透過不同的媒介呈現。

（本文作者為電影《女鬼橋》導演）

序

這些短篇故事的起源

還在念書時，我除了學業混到不行之外，同時身兼學校某個公益社團的社長，放學後還要去披薩店打工，時間常常處於不夠用的狀態。

在這麼緊湊的生活中，寫故事對我來說是最好紓解壓力的管道，把故事丟到網路上、看到讀者們的留言，心情就會舒坦一些。因爲我知道，原來自己還是有可以做、眞的想做的事情可以去堅持。

本書所收錄的短篇，有二〇〇七、二〇〇八年我還是學生時所寫的作品，也有最近這幾年才寫出來的故事。從第一篇看到最後一篇，感覺就像在看我經過濃縮後的創作旅程，然後驚訝地發現時間已經過去這麼久了。

寫短篇一直都是我最喜歡的事情，在短篇最高產的那段時間裡，講求的就是一個快字。快速想出題材、快速寫完、快速發表在網路上，當時我一兩天就能產出一篇短篇放到網路上，慢慢把路邊攤的顧客累積起來。

出社會後，能夠自由運用的時間變少了，我開始把寫作的方向往一個題材就能寫很久的長篇發展。雖然短篇故事現在只有偶爾才會寫，但寫短篇仍然是我的最愛，這點堅持不變。

當然，在這麼多短篇中，不是每篇都能受到讀者喜愛，其中也有許多無趣的作品。

短篇故事寫起來很刺激，在幾千字的篇幅中就要快速跟讀者分出勝負，好看或難看？通常只要三分鐘就能知道結果了。爲了在每一次的交鋒中能取得勝利，我不斷改變寫作的方式，也努力挖掘新的故事形式。

在一開始逐漸公式化的鬼故事後，我開始套入較爲溫暖的情節，寫出〈置物櫃少女〉〈雨衣內的聲音〉〈給那邊的點播〉〈手機看見了〉這些故事。

比起鬼怪所帶來無法解釋的恐懼，我也開始揣測人性的黑暗，寫出〈反派角色〉〈致殺人魔〉〈你是誰？〉等以人性爲主的故事。

爲了讓小說讀起來有其他的樂趣，我思考另一種跟讀者互動的方式，因此誕生了〈你的結局〉跟〈妳的結局〉這兩篇作品。

在這趟旅程上的所做的改變跟努力，都是爲了這本書出來的那一刻。

我無法用文字形容這趟旅程到底有多刺激，就請手上拿著這本書的各位，親自翻開用眼睛來確認吧。

目錄 CONTENTS

PART 3 比鬼更可怕的是……

PART 1

鬼，也有淚水

置物櫃少女

坐電車通勤這種事，只有第一次會覺得有趣。

接下來，就會覺得擁擠吵雜、人聲沸騰且充斥著各種味道的環境，根本是另類的地獄。不知道其他人是不是也這麼想，但至少這位少年是這麼認為的。

每天早上跟傍晚，他都會懊悔自己為何要浪費這四十分鐘在電車上，聽著其他學校的學生大聲喧嘩，討論昨天線上遊戲打中路、下路時怎樣怎樣，聞著不得不聞的各種早餐味，還有中年男子的體味，及女學生跟粉領族彷彿爭奇鬥豔般的各種香水洗髮精味……

而那些低頭玩手機的乘客們，雖然安靜，但少年看到他們卻也有一種說不出的不舒坦，但並不討厭，至少他們不會發出吵雜的聲音。什麼都沒有的他，只能在電車上看著窗外，感嘆著度過這四十分鐘。

今天也是抱著這種即將踏入地獄的心情，站在月台上等車。在這一站的乘客不多，除了少年之外，只有其他四個不同學校的學生，跟他一起站在月台上等候。

主要的人潮是在上一站，也就是市中心的車站，所以每當電車進入少年所在的這一站時，就能透過車窗看到車廂內已經被上一站的人潮擠得密不透風，他跟其他乘客得用硬塞的方式才擠得進車廂。至於座位什麼的，他根本想都不敢想，雙腳有地方可以落地就已經很不錯了。一想到待會電車上那苦不堪言的環境，少年的眉頭就皺了起來。

「你今天還是這樣啊，用苦瓜臉在等車。」少年轉過頭，是那個站在置物櫃旁的少女在跟他說話。

置物櫃少女，這是少年幫她取的綽號，因為少女總是站在置物櫃旁邊，每天上學跟放學都是如此，只要坐電車通勤，就一定會在置物櫃前看到她。

置物櫃是那種有許多方格，只要投五十塊就可以使用，歸還鑰匙時可以把錢再拿回去的那款，也不知道車站為什麼要在月台邊規畫這種置物櫃，但是從不少置物櫃的鑰匙已被抽走了的情況來看，似乎使用的人不少。

少女身上穿著少年沒看過的學校制服，可能是其他地區的學校吧。

本來是少女在等電車的空檔先跟少年搭話，時間一久，兩人在月台碰到時互相聊幾句已經是例行公事，不，或者該說是互相挖苦。

「是妳啊，」少年說：「今天怎樣呢？會去上學嗎？」

「喂，不要把我說得跟不良少女一樣。」少女嘟起嘴，「我是有苦衷的啊。」

少年會這樣問，是因爲他從未看到少女搭車，每天少女都比他早出現在車站，然後都只有少年上車。放學時也是如此，當少年下車時，少女已經站在置物櫃旁邊了，好像她從來沒有離開過。

「乾脆今天我等妳坐上車上學後，我再去學校好了。」少年說。

「這樣不行吧，會遲到的。」

「偶爾遲到一下沒關係，剛好可以避開人潮很多的時段。」

「每次都這麼說，可是你還是不敢遲到吧？」少女呵呵地笑了：「在你的學校，遲到的後果應該很慘吧？」

「是蠻慘的，升旗時要在司令台罰站。」

「好丟臉。」

「是啊。」少年凝視少女身上的制服，那眞的是高中的制服嗎？還是……

「幹嘛一直看我的制服？在想什麼？」

「我想妳的制服是不是從哪裡買來的，也許妳根本不是高中生。」

「啊，出現了，苦瓜臉少年的推理時間。」少女也幫少年取了個跟表情相襯的綽號，「說吧說吧，你想推測什麼？」

少年偏了一下頭，說道：「眞的很奇怪啊，怎麼可能會有妳這種高中生，連書包都沒背就跑來車站，就連不良少年的書包也會裝漫畫、香菸或電動之類的東西帶去學校，不可能連書包都不帶。」

少女睜大眼點了點頭，表示她有在聽。

「而且我從沒看過妳坐上電車，這就更不可能了，而且錯過這個時間的電車，百分之百會遲到了，所以這表示妳根本沒去上學嘛！結論就是……妳根本不是學生。」

「那我是什麼呢？」少女滿臉期待地想聽少年的答案。

少年表情冷靜地回答：「……穿著高中制服站在車站，想誘騙色大叔的援交妹吧，我想。」

「喂！」少女作勢要衝上來打少年，但不巧的是，電車剛好進站了，少年馬上擠進了車廂中。

「什麼援交妹啊，眞過分！」少年還能聽到少女在置物櫃前大喊著：「結果你都不相信我之前說的那個故事對不對？太可惡了！虧你還是唯一可以看到我的人說！」

噗滋，少年忍不住笑出來了。

沒錯，少女之前曾經跟他說過一個故事，解釋她爲什麼只能站在置物櫃旁邊，無法離開車站，但不知道爲什麼只有少年能看到她。少女也是因爲察覺到少年的視線似乎看得到她，才會主動試著跟他搭話的。

「不然像你這種苦瓜臉少年，我這種美少女爲什麼要跟你搭訕啊？」說完故事時，少女還補上這麼幾句。

我是苦瓜臉，那她是美少女嗎？可惡，心裡眞不是滋味……

放學後，又要度過四十分鐘的地獄電車時間才能下車，跟上學時比起來，車廂內早餐的氣味變成了晚餐，多數是雞排或麥當勞，而怪異的體味則變得更重了，每個人的身上都累積了勞累一整天的汗水跟汙垢。

到站了，從人群中殺出血路下車的少年，先在月台邊做了一個深呼吸，然後他的視線瞄到了置物櫃少女，她果然還站在那裡。

「啊，嗨。」少年走過去打了招呼後，滿臉不好意思地說；「也許早上那樣說太過分了，對不起。」結束一整天的辛勞，心情好了不少，所以少年決定跟少女致歉。被說成援交妹，應該很難受吧。

「只要你說相信我的故事，我就原諒你。」少女雙手環抱在胸前，用鼻子哼著氣。

「呃……」

「喂，你可是玷汙了我的清白耶，我只是要你相信我而已，沒有很困難吧！」

「好吧，我相信妳就是了。」

「……好隨便的態度。」

「什麼呀，不然你要我開記者會嗎？」

兩人都笑了。

少女跟少年說的故事是，其實她已經死了。她的屍體被兇手分成幾塊藏到置物櫃之中，而且做了妥善的處理，不會溢出異味或血水，對殺人犯來說，這種城市的死角是最好的藏屍地點。而少女的靈魂，只能孤單杵立在置物櫃邊，期待著被發現的一天。

直到有一天，她發現這位少年能看到她，所以把這件事跟他說了，不過很可惜，少年並不相信她說的一切，只當成是女孩子的自我幻想。雖然隨便拉個路人來問：「你看得到這位少女嗎？」一切問題就解決了。不過少年沒有勇氣這麼做，因爲這樣只會讓他看起來更像白痴。

「我要先回去了，沒事的話妳也快回去吧，不要一直窩在置物櫃這裡。」

少年背好書包說。

「就跟你說我不能離開這裡了，剛剛不是還說相信我的嗎？」

「好啦，好啦……」

不知不覺中已經過了十五分鐘，下一班電車已經進站，三三兩兩零星的乘客走下電車。

「喂，等一下。」少女突然叫住要跟其他人一起離開的少年。

「幹嘛？」少年轉頭，看到少女正拉住他的外套衣角。但很奇怪，衣服上竟沒有被抓住的感覺。

少女的雙眼在某個乘客身上聚焦，說：「你看到那個人了嗎？」

「誰啊？」

「那個穿藍色外套的男人，有看到嗎？他正走到出口閘門那裡。」

「有啊，看到了，怎麼了嗎？」

「拜託你跟蹤他，然後報警。」少女說。

「爲什麼？」少年不知所以然。

「他就是殺害我的人啊，就是他。」

「……妳說什麼？他……」

「他快走掉了，拜託你，快點。」少女用雙手在少年的背上用力一推。

可是，背上完全沒有任何感覺啊，怎麼回事……儘管如此，少年仍依照少女所說的，跟著那個男人走出了車站。

「搞什麼東西啊？她說的是真的嗎？那個男人……不對，應該也是開玩笑的吧，這女的總是胡言亂語。」少年搔著頭喃喃自語。

男人在車站前東張西望，是在找計程車嗎？可是又不像。真的要跟蹤他嗎？還是……先跟蹤一下吧，花點時間也無妨。

男人接著離開了車站，在附近的街道遊蕩著，少年則小心翼翼地跟蹤在後。也許早被發現了也不一定，少年不是專業的偵探，雖然有「學生」這個身分的掩護，但是跟了那麼多條街後，對方應該起疑了吧。

突然男人轉進一條小巷，少年馬上跟著進去，但才轉進巷弄，竟然看見那個男人面對著他，而且兩人的距離不到半公尺。看來男人是在等他進來，這是個簡單的小圈套啊。

男人左手用力抓住少年的肩膀，右手則將什麼東西送向了少年的胸口。

「嗚！」少年本想大叫，但他發現胸口竟然使不上力，低頭一看，送進胸口的那東西原來是一柄匕首。

「以為我沒發現你從車站就在跟蹤我？」男人冷冷地說道。

少年的身體軟趴趴地癱倒在地，男人蹲低後，打量著少年的臉，「這麼年輕……還以為是警察偽裝成學生的樣子，原來不是啊，不過你應該發現了什麼吧？」

「置……置……」少年試著說出一句完整的句子。

男人將匕首從少年的胸口抽出，「置物櫃嗎？你果然發現了吧？我也暗中觀察你一段時間了，你常常在置物櫃那邊徘徊，這樣不行，連你這種小毛頭都會發現的話，看來要把她的屍體換個地方了。」

置物櫃少女，啊，她說的故事……少年躺在地上漸漸喪失力氣，血水從肺部湧上來，可惡，我就快死了嗎？

少年突然聽到巷子中突然傳出另一個男子的聲音，但是已經聽不清楚他在說什麼。可以確定的是，有另一個人出現在巷口。

穿藍色外套的男人突然臉色大變，他揮舞著匕首，朝另一邊的巷口跑去。不過另一個人像風一樣地追到他的身後，兩人扭打，最後穿藍色外套的男人被對方摔到地上，而匕首似乎刺到他自己了。

另一個人是誰？警察嗎？還是誰……少年昏厥了過去。

✝　✝　✝

執意跟蹤那個男子的，只有他一個。儘管每個人都放棄了，但他仍然跟蹤到最後一刻。總算有了成果，雖然最後晚了一步。

打從少女失蹤開始，他追查的重點，就放在跟少女最後一起出現在監視畫面中的那名男子。但是沒有屍體、沒有血跡，也沒有任何證據可以證明少女已經遇害，在這種情況下，警方不可能成立搜查小組，只能把少女當成一般的失蹤案件。只有他知道，那個男子一定有嫌疑。

那名男子有許多的性侵前科，只要稍加搜索一定可以找到證據的。但上級要求把搜查重點放在媒體關注的重大刑案，少女的失蹤案，馬上變成只是失蹤人口其中的一個統計數字。

他向上級申請離開重大刑案的搜查小組，孤身跟蹤那名男子。只要發現破綻，就能拿搜查令去男子的家，一定能找到更多的線索，他這麼想著。

直到這一天，他發現有一位學生也跟蹤著這個男子，暫且不知道這名學生為什麼要這麼做，但這中間一定有什麼問題。

果然男子在小巷子裡設下了陷阱，想殺學生滅口，但男子不知道有另一名跟蹤他已經數個月之久的刑警就在一旁。

制伏男子後，他呼叫了緊急支援，並把那名學生緊急送醫。不幸中的大幸，學生的性命保住了，嫌犯也招出了藏匿屍體的地方。而現在，他就坐在那名學生的病床前。

「威助警官，要喝點什麼嗎？」學生的家長用客氣的口吻詢問著。

威助接過了家長遞來的飲料，並問：「他好一點了嗎？」

學生的父親代為回答：「好多了，現在已經可以說話了。」

「好極了，那可以請你告訴我，為什麼要跟蹤他嗎？」威助問話的對象轉向躺在床上的少年。

少年沒有答話，他睜著眼睛，看來意識很清醒，不過嘴巴還是閉得很緊。

「不要緊的，等你想說的時候再說吧，我可以等的。」威助說。

少年並不是不想說，而是他說了警方會相信嗎？就跟當初少女第一次跟他說這件事時一樣，只會當成是小孩子的妄想吧……

對了，有個問題得問才行。

「請問……」少年開口對著那位叫威助的警官問：「在那個置物櫃中，找到她了嗎？」

「是的，已經找到失蹤少女的遺體了。」威助警官笑著回答：「這也要多虧你喔，雖然你受了傷，可是如果這件事情沒有發生的話，我就無法當場逮捕犯人了。」

「那麼……置物櫃呢？」

「已經從車站移走了，裝過遺體的置物櫃再繼續放著，不是很妥當，車站方面好像要裝一個新的。」

是這樣啊……少年哭了。

父母跟警官都不知道他突然哭出來的理由，說了他們也無法理解吧。

置物櫃少女，妳終於可以離開車站，回家了呢……

雨衣內的聲音

「每次這種天氣上班都會塞車，眞的很煩！」

下雨天的早晨，老公出門前總會丟下這句話，這是他無可奈何的抱怨。畢竟只要下雨，許多原本是騎機車上班的人就會改成開車出門，因此造成車流量增加而塞車，老公有時甚至會罵：「渾蛋，我可是每天都開車上班啊，你們這些騎機車上班的傢伙可不可以有原則一點，不要因爲下雨就換開車啦！這樣會塞車你們不知道嗎？」

有時我很想笑他，你這種抱怨根本是在罵自己吧。

我們家只有一輛汽車，都是老公在使用，而從幼稚園載女兒上下學的任務，就落在了我的身上，因爲老公公司的方向跟幼稚園剛好相反，所以我只能一肩扛起這個責任，每天騎著機車載女兒到幼稚園，下雨天也不例外。

雨天時我騎機車載女兒的方式跟多數父母一樣，先穿上那種很大件馬褂式的雨衣，再叫女兒從後座鑽進雨衣裡面，從後面抱住我。這種載法有個好處，就是如果女兒忘了戴安全帽的話，從外面也看不出來，不過我從來沒有過就是了。

那一天，明明早上載女兒去幼稚園時還是豔陽高掛，但傍晚去接她時，整個天空卻風雲變色，雨下得特別大，整個天空轟轟作響，我顧慮著女兒的安全，小心翼翼地騎著車，並不時確認女兒的小手是否有緊緊抱住我的身體，儘管雨聲轟隆作響，不過我還是可以聽到女兒的聲音。

她通常會在我載她回家的這段時間，跟我說些幼稚園裡發生的趣事，老師教了什麼、討厭的那個男生今天又做了什麼蠢事之類的……不過今天她卻沒有跟我說話，而是一個人躲在雨衣內發出清脆的笑聲，偶爾會停止，低聲說幾句我聽不清楚的話，然後又繼續笑著，心情似乎很不錯。

也許是今天在幼稚園裡發生了很好玩的事情，所以一直在笑吧，我想。

回到家後，我脫下雨衣並幫女兒整理溼掉的衣服，一邊問她：「今天在學校發生什麼事呀？怎麼這麼開心？」

女兒神秘地一笑，把食指舉到嘴脣中間對我「噓」了一聲，代表這是不能說的秘密。

上次她對我做這個手勢，是因爲有喜歡的男同學，也許這次是因爲那位男同學找她一起玩了吧。我沒有想太多，著手開始幫女兒更換溼掉的衣服，反正不管女兒有什麼秘密，她都會在隔天主動跟我說。

隔天早上，當老公去上班，我如常要騎機車送女兒去幼稚園，不過一起床就看到天空又不停地降下暴雨時，心情眞的是好不起來，一大早就要全身溼淋淋的出門，任誰心裡都不會舒服的。

不過女兒看到雨勢，倒是顯得非常開心，她一邊吃著早餐的煎蛋，一邊雀躍地問：「媽咪，今天又可以穿雨衣了嗎？」

「是啊！」

「太好了！」女兒接下來說了一句我無法理解的話。

「那我又可以聽阿姨講故事了！」女兒說。

「阿姨？」我完全無法理解女兒指的是什麼，女兒這時把她昨天的「秘密」跟我說了。

昨天回家路上，當她蓋在雨衣裡面時什麼都看不到，耳邊只能聽見機車的引擎聲跟雨聲，這時雨衣裡出現一位不認識的阿姨，用極爲溫柔的聲音，在黑暗悶熱的雨衣中跟她說了相當有趣的故事。

我問女兒那是什麼故事？她卻說想不起來，只記得非常有趣，讓她開心地一直大笑，就算被悶在雨衣裡面騎車，也不會無聊。聽完她敘述的一切，讓我陷入了迷惑之中。

我很確定，昨天載她回家時，絕對沒有，也不可能有什麼阿姨跑進來我穿的雨衣裡面，若這是女兒的童言童語，以她的年齡來說，想像力也太豐富了吧？

「今天路上又可以聽阿姨說故事了！」女兒的早餐還沒吃完，她就已經開始期待待會的路途了，而我開始擔心……該不會昨天回家的時候，被什麼「東西」跟上了吧？畢竟載女兒上下學的那一段路，常常有重大車禍，本來就意外頻傳，如果女兒說的是真的，就是有「東西」在作祟。該把這件事告訴老公，要他開車回來載女兒上學嗎？不過時間已經來不及了，眼前還是要先載她去幼稚園才行。

我牙一咬，決定先穿上雨衣載女兒上學再說。當她跳上機車鑽進雨衣時，愉快地哼著幾句童歌，好像很期待再次聽到那個阿姨說故事，而我則提心吊膽，寧願相信那只是女兒的童言童語，而不是真的被跟上了。

當騎車出發一段路後，就跟昨天一樣，女兒開始在雨衣內發出開心的笑聲。我靜下心來，努力屏除機車跟道路上的其他雜聲後，似乎也可以聽到，在我身後的雨衣內，真的有一個陌生女人，正在用一種相當魅惑的聲音在講話。

我確確實實聽到了她的聲音，這個女人就躲在我的身後，跟我的女兒一起藏在雨衣裡面。

當母親的怎麼能忍受這種情況？趁著路口沒有其他人，我直接在路邊一停，轉頭大聲一吼：「給我走開！離我女兒遠一點！」

我也不知道我是在對誰吼，只希望這樣可以把對方趕走，接著側腹傳來一陣冰冷的觸感，雖然看不到雨衣的內側，但可以透過肌膚感覺到，在雨衣內，出現了一雙冰冷、纖細的成年女子手掌，正輕輕撫壓著女兒的手臂，我突然感覺到，對方並沒有惡意。

雖然她的肌膚極為冰寒，但手掌撫壓的方式，是充滿關愛、保護的觸摸，那是母親在騎機車時，確認孩子有沒有確實從後方抱住自己的方式。

這時我的耳邊傳來一句溫柔的女聲：「妳的孩子眞的很可愛，請保護好她。」

側腹那冰冷的觸感，隨著聲音的最後一個字一起消失了，對方似乎已經離開了。

女兒這時從雨衣內發出抗議：「媽咪，妳把阿姨嚇走了啦！」

我愣了一下，才說：「啊，對不起……」

我催動油門重新上路，同時安慰著女兒，女兒則氣噗噗地不再跟我說話。

我實在不應該這麼罵對方的，出現在雨衣內的女人，我想她曾經也是一位媽媽……或許，她在之前也曾經這樣載過自己的孩子吧。

給那邊的點播

深夜時分，已經快要三點了。

看來不到天亮，應該是做不完了。我暫時關掉電腦螢幕，揉揉眼睛，好痠、好痛，還是得拚下去把工作做完，但先暫時休息一下吧。

我走到廚房，從櫃子裡拿出馬克杯想泡杯咖啡。老婆也坐在廚房裡，滿臉心事重重的模樣，問我：「還沒睡嗎？」

「工作的進度來不及，應該得熬夜了。」我用湯匙攪拌著即溶咖啡，雖然廉價，但濃郁的咖啡香氣讓我清醒了一點。

「要加油喔。」老婆說：「雖然我沒有辦法幫什麼忙，但你還是多少休息一下吧。」

「我會的，妳也早點睡吧。」我繼續攪拌著咖啡，一邊走回房間。

走回房間後，我調了一下廣播的頻率。不管是在深夜或是白天工作，我都有聽廣播的習慣，而三點過後，我最喜歡的深夜ＤＪ都已經下班了。通常這個時候，我會隨機轉著頻率，聽到哪台順耳就聽。

喀、喀……我轉到其中一個電台，收音機中傳來：「第二小時的節目要開始了，接下來的歌，是○○國中的全校師生要點播的。」

全校師生的點播？通常點播都是個人點播給其他人的吧？怎麼會有全校師生要一起點播的？○○國中，好耳熟的學校……

DJ有著相當清新的女聲，她繼續說：「他們所點的歌，是要點給前天在車禍中去世的同學們，希望他們可以聽得到，帶來這首五月天的〈乾杯〉。」

溫馨的前奏聲響起。

我想起來了，○○國中就是兩天前發生的那一起巴士翻覆事件的學校，好像有四位學生因傷重去世了，是件很令人傷心的意外。全校師生一起點歌給過世的同學們，感覺相當溫馨，不過怎麼會選擇在這種深夜時段的節目裡點播，因為大多數人都睡了，根本沒什麼人在聽吧？

不過繼續聽下去後，我終於了解了。

DJ接下來一一介紹每首點播的歌曲。

「這是偉誌要點播給兩年前離開的彩萍，偉誌說雖然我們已經不能像這首歌裡所描寫的一樣了，但是妳會在我的心裡，一起慢慢變老。這首歌是〈最浪漫的事〉，大家請聽。」

「小宣要點播紅布條的〈天堂〉給哈皮，小宣說雖然你在我們家裡很皮，也很會掉毛，不過我們都還是很愛你的，希望你現在已經在天堂上囉。」

「接下來是陶莉萍的〈好想再聽一遍〉，這是博元一家要點播給她們母親的歌，他們說媽雖然妳平常都很吵，可是現在全家都很懷念妳的聲音，好想再聽一遍喔。」

「這是梁靜茹的〈沒有如果〉，上亮想跟佳蓉說，愛情沒有如果，如果當初我在妳離開前跟妳告白，是不是一切就不一樣了呢？」

每首點播，ＤＪ都在語氣中透露著哀傷，卻又溫柔的味道。

這是專門點播歌曲給亡者們的節目。我之前怎麼沒有聽過這個節目呢？記下廣播頻道，我暫時放下工作，上網查了一下。

這個頻道在每天深夜兩點到四點，有一個「給那邊的點播」的單元，跟一般的點播不同，這是專門點播歌曲給亡者的管道。

眞的會有人去點播嗎？我懷疑了一下，不過從剛剛的內容聽來，點播者還不少。

ＤＪ這時候說：「現在先進一下廣告囉，如果大家有突然想要點播的，或是有話想跟我說，都可以在臉書上搜尋我的專頁，只要蒐尋小靈ＤＪ，就找得到囉。」

她的專頁並不難找，搜尋一下就找到了，有許多人在線上跟這位ＤＪ對話，有不少是想要點播的聽眾。通常在廣播中要點播歌曲，都是透過網路填寫，再由ＤＪ整理歌單後在節目中播出，不過這ＤＪ的作法似乎不太一樣，除了事先整理好的點播外，也接受聽眾的現場點播。

不過他們這樣子做，有意義嗎？我忍不住在專頁中問：「這樣子做，死者眞的聽得到嗎？」

「只要我們相信他們聽得到，歌曲就可以傳到他們那邊的喔。」ＤＪ很快就回覆了我。

還有另一位聽眾也回覆我：「這就跟平常燒金紙一樣啊，燒了這麼多，我們也只能相信他們可以收得到，不是嗎？」

另一個聽眾留言：「樓上的比喻有點爛耶，音樂跟金紙是要怎麼比啦。」

「我覺得，如果亡者有留在這裡陪伴家人朋友，就可以聽到我們點播的音樂。」

「至少不用像一般的點播一樣，要刻意打電話給朋友說，喂，你幾點要聽廣播喔，我有點播歌曲要給你。給亡者的音樂，會自動傳過天際到他們耳裡的。」

DJ暫時沒有發言了，因爲廣告已經結束，收音機中又傳出她的聲音。

「下一首歌曲很可愛喔，大家應該都很懷念，〈我要成爲神奇寶貝大師！〉這是小茂要點播給小智的，雖然你已經不在了，不過我會帶著你的鬥志繼續戰鬥下去。加油喔，小靈也期許你們可以抓到所有的神奇寶貝。」

是一對綽號剛好叫小茂跟小智的好友吧，DJ把我逗笑了。但不知道爲什麼，我的眼邊也流下了一些淚水。

是在感傷什麼呢？我也在專頁中留下點播的留言，並問：「什麼時候可以聽到呢？」

「節目結束前會播出，請放心。」DJ回覆。

有種莫名的安心感。

我將收音機的插頭拔掉，提著它走到了廚房，老婆還坐在那邊，她相當擔心地看著我：「怎麼了？工作完成了嗎？」

「不，工作先不管他了。」我將收音機的插頭插上，然後抱著膝蓋坐在收音機旁邊，說：「我點了歌要給妳喔。」

「咦，眞的嗎？」老婆眼睛亮了起來，臉上露出笑容。

時間即將邁入深夜四點鐘。

「今天的最後一首歌，是豪凡要給玫珊的歌。這首歌剛剛小靈花時間找了一下，所以現在才播出來，很不好意思喔，帕海貝爾的〈卡農變奏曲〉。豪凡想跟玫珊說，妳就跟這首歌一樣，永遠的美麗，令人安心。」

我閉上眼睛，讓卡農輕輕的鋼琴聲進入我的耳中。

「好美喔。」老婆的聲音說：「是我常常在放的那首歌，你竟然還記得。」

「怎麼會忘記呢？」

「謝謝你。」

我睜開眼睛，椅子上空空如也，老婆早就不在了。

明明知道這一點，但又有多少人我一樣呢？在自己心中，失去的愛人仍坐在那邊，給深夜仍在戰鬥的自己安慰及鼓勵。

卡農的最後一個音符落幕。

我將頭埋在膝蓋之中，就這樣坐在收音機旁哭泣。

手機看見了

還沒坐下去，我就看到了一個不該存在於椅子上的物體，一支手機孤伶伶的被丟在椅子上，像被棄養的寵物。

我把手機拿起來，坐到椅子上開始端詳這支被主人遺忘的手機，雖然並不是最新款的，但是看型號應該也是這幾年推出的吧。

誰把手機忘在這裡了呢？我看著速食店內的每位顧客，排隊點餐的、站著聊天的、正要離開的……沒有人面露著急地尋找物品的神情，會不會手機的主人已經離開這家店了呢？

這時，有個男人走進了店裡，一進來就跟我四目相對，然後邁開大步朝我走來，好像他的目標就是來找我。

他是來拿回手機的嗎？我低頭看了一下手機，卻發現手機螢幕上不知何時跳出了幾個字。

剛剛我撿起這支手機時，它還處於關機狀態，但此刻螢幕上卻出現了一列重複的字。

「不要還他　不要還他　不要還他　不要還他　不要還他　不要還他」

我偷偷地把手機塞回口袋裡，看著那個男人朝我走來，男人的身材高大挺拔，五官也很英俊，但他臉上的笑容給我一種厭惡感，那是裝出來一種噁心的微笑。

他微笑著對我說：「先生，對不起，你坐在這裡之前，有沒有看到一支手機？」

我假裝想了一下，然後說：「沒有耶。」

「真的沒有嗎？我應該把手機忘在這張椅子上才對，你真的沒看到嗎？」

「嗯……」我又假裝在思考。

「拜託你再想一下，那支手機對我來說非常重要。」男人誠懇地對我說，我幾乎快被他打動了，但不知爲什麼，他的笑容跟動作都給我一種詭異的虛僞感。

「我來之前好像還有其他人坐過這邊，可能被他們拿走了吧。」我說。

「咦？那你還記得他們的模樣嗎？」

「抱歉，不記得了……」

「好吧，謝謝。」

不知道男人是否相信我的說辭，至少他不再爲難我，轉身走了。確定他離開這家餐廳後，我才把手機從口袋裡拿出來。

那一列「不要還他」的字已經不見了，螢幕上出現的是另外九個字：

「那個男人是殺人凶手。」

✝　✝　✝

回到家後，我先把這支手機簡單地檢查了一遍，但我發現它其實已經壞到無法再開機了。螢幕已經有了裂痕，拆開機殼一看，發現裡面也毀損得相當嚴重，這支手機一定經歷過嚴重的撞擊。既然無法開機，那早上出現在螢幕上的文字，又是怎麼跑出來的呢？

當我雙手抱胸看著手機思考這個謎題時，突然發出了訊息鈴聲，我先嚇了一跳，看著手機螢幕，發現又有幾個字重複出現在上面。

「楊彩菱　楊彩菱　楊彩菱　楊彩菱　楊彩菱　楊彩菱　楊彩菱　楊彩菱　楊彩菱……」

彷彿不斷提醒我似的，這個名字一直從螢幕上跳出。

「楊彩菱，這是妳的名字嗎？」我脫口說出這句話，但隨即發現對著手機問這問題實在有點蠢。

但手機沒有回應我，螢幕仍不斷地跳出這個名字。

是手機壞掉了，所以造成文字會不定時在螢幕上出現嗎？楊彩菱可能只是手機通訊錄裡的某個名字而已，又或者是……這手機並不是那麼單純？

我想起早上的情況，它要我不要把手機還給那個男人，又提示我那個男人是殺人凶手，而現在的這個名字……

「好吧，讓我查查看或許就知道了。」我打起精神，打開電腦開始上網搜尋「楊彩菱」這個名字。

沒花多久時間就找到了，因爲幾天前的社會新聞中出現了這個名字，一個叫楊彩菱的大學生在打工下班途中被殺害，屍體丟棄於路邊，警方懷疑她是上車前被殺害，之後被棄屍的。

我把臉轉向那支手機問：「這有點靈異耶，你這支手機到底是什麼來頭啊？」

手機用更具體的動作來回應我，它直接響了起來，我沒有開機，照理說是不可能會響的，但它此刻卻貨眞價實地響起來了，手機的螢幕一片漆黑，沒有顯示來電號碼，誰知道是從哪邊打來的電話呢？

我忍不住接起來：「喂？」

「你明天必須回去才行。」一個女孩的聲音傳了過來，「他還會再殺死其他人。」

「回去？回去哪裡？」

「撿到我的地方。」接著電話就被掛斷了。

這……這到底什麼意思啊？我不禁傻眼，如果要傳達訊息給我的話，也傳達得明確一點吧？而且，剛剛那女孩的聲音太奇怪了，她說的句子都不是很順暢，反而像是從許多音檔剪接在一起的……

我在與昨天一樣的時間，回到那家速食店，但沒有看見那個男人。

要耗一整天等他出現嗎？結果這麼一猶豫不決，竟然就在店裡從早上坐到了黃昏，而那個男人也被我等到了。

他點了套餐，獨自一人在坐位上吃著，並沒有注意到我。但要發現我也難，因爲我看他的視線一直停留在櫃檯，注視著某位可愛的女店員。

一直到晚上交班，那個女店員換上便服離開店門時，那個男人才開始收拾餐點，跟在女店員後面出去，而我也把我喝了好幾個小時的可樂拿去丟掉，跟著出去。

當我在停車場看到他們兩人時，終於恍然大悟。

那個女店員站在一輛機車旁邊，滿臉苦惱的樣子，而那個男人則坐在車裡不斷地跟女店員說話，最後那女店員點點頭，上了男人的車……

啊，是這麼回事啊，女店員下班後發現機車壞了正煩惱時，男人就開著高級轎車出現，說可以順便載她回家，然後天眞無邪的女孩就……不對，這大有問題啊，女店員的機車一定被動了手腳，而且十之八九就是那個男人搞的。

如果沒意外的話，那個女店員將會變成第二個楊彩菱，在車上被殺死棄屍。

我奔也似地跨上機車，跟蹤那輛轎車，一邊記下了車牌號碼，然後打電話報警。

當車子停在郊區路邊，男人正要動手殺害女店員時，警方及時趕到逮捕了他，幾個員警還把因擔心一直在後面跟蹤的我，當成閒雜人等趕走。這樣也好，如果警察一直沒有趕到，我眞的不知道我該怎麼救人……

隔天的電視報導了這則新聞，那個男人已經用類似的手法殺害多名女性，招數都是先觀察好目標，再把對方的代步工具弄壞，然後好心詢問要不要搭便車，最後在車上殺害對方，而他會把受害者的手機跟皮包帶回家，當成戰利品。

當我在速食店見到那男人的那天，他正是爲了觀察目標而來，而楊彩菱的手機則是他當時不小心遺落在椅子上的，但他沒想到會被我撿到，而這個戰利品出賣了他。

犯人被逮捕後，那支手機就不再跳出任何的文字，或是隨便亂響了。我想，跳出那些文字提醒我的，並不是楊彩菱的靈魂，而是手機本身吧。

楊彩菱還活著的時候，應該也是手機不離身，她會把手機貼在臉頰邊跟男朋友或家人親密地講電話，她會看著朋友發來的白痴簡訊而發笑，會三不五時確認手機上的時間，在生活中遇到需要算數時就會拿出手機，打開計算機功能，也會用手機的鏡頭對著自己露出可愛的微笑自拍，或是拍下任何自己覺得有趣的畫面。

手機記錄了主人的一切，相機鏡頭就是它的眼睛，它記下了主人的模樣，從簡訊記住了主人的名字跟朋友，從行事曆知道主人平常的生活時程，從數不清的通話中記下了主人的聲音……

這支手機可能在犯人殺害楊彩菱的過程中被撞壞了，但是手機把一切都看在眼裡，它知道是誰殺害了它的主人，更從犯人平常的行動跟自言自語，知道他還有下一個目標。

犯人的一個疏忽，他把戰利品遺落在椅子上，而最後到了我的手中，手機決定發出訊息，請求我的協助。那通請我回速食店的電話，應該是手機努力拼湊出主人以前的聲音，想傳達給我的。

後來我去參加了楊彩菱的告別式，並打算將手機偷偷放在椅子上，當她的家人看到時，應該會知道這是她的手機吧。

當我把手機放好，準備偷偷溜走時，手機的螢幕又不斷跳出好幾個字，就跟之前一樣，它用最簡單的方式表達著。

「謝謝　謝謝　謝謝　謝謝　謝謝　謝謝　謝謝　謝謝　謝謝　謝謝」

PART 2

啊！這裡有鬼！

隔壁女兒的書包

一雙小手在我的臉上拍打，把我從睡夢中喚醒。

張開眼睛，天使般的臉龐在我眼前燦笑，她的小手不斷在我臉龐上磨蹭。

「鬍子，鬍子！」小汝用手掌一邊拍著我的臉，又一邊磨蹭著，似乎對我臉上的鬍渣感到樂在其中，「爸比，要起床了喔！」往旁邊一摸，老婆不在床上，應該已經先起床去做早餐了。

我把小汝抱到床下，弓起身子準備起床，小汝好像還對鬍渣依依不捨：「爸比，再讓我摸一下啦！」

無可奈何，我彎下腰讓小汝再玩了一下，這才起床。

當小汝還是嬰兒的時候，我常常用鬍渣去磨她的臉，這種行爲引起老婆的抗議，她認爲我的鬍渣太硬了，會弄傷小汝。沒想到在小汝長大後，她竟然喜歡上鬍渣那種粗硬的感覺，常常趁我還沒刮鬍子前用手掌磨蹭。

到浴室洗完臉、刮完鬍子，走到廚房，老婆已經準備好早餐，小汝也換上了小學的制服在吃早餐，只缺我一個了。

「今天換你帶小汝去學校喔。」我坐下後，老婆對我說。

「我知道，那放學就交給妳了。」我說。我們之間約定好，誰帶小汝去上學，另一個人就去接她放學。

小汝舔著手指上的果醬，踢著腳對我說：「爸比，我想換書包了。」

「爲什麼？現在這個書包不是很好看嗎？」小汝現在的書包是粉紅色，上面印著不知道哪部少女卡通的主角。

「可是我也想跟隔壁一樣，每天換不同的書包說……」

「書包這種東西，等破掉再換就好了。」

聽我這麼說，小汝馬上嘟起了嘴巴，小女生總喜歡爲這種小事情鬧脾氣，眞受不了。

吃完早餐後，我牽著小汝出門，因爲學校離家並沒有很遠，所以上班剛好可以順路帶她去上學。

「啊，爸比，你看！」小汝伸出手指向電梯。

電梯裡已經站了兩個人，是隔壁的吳先生跟他的女兒。他也不等還在走廊上的我，而是直接按上了電梯開關，螢幕上的數字顯示他已經下樓了。

「可惡，這傢伙還是一樣這麼我行我素啊。」我看了下手錶，時間還夠，還沒到上班遲到的極限點，只是對吳先生剛剛的行爲感到心裡不痛快。

「爸比，你看到了嗎？」小茹晃著我的手，「她又換書包了耶。」的確，剛剛吳先生的女兒所背的書包，又跟昨天不一樣了……

每一次我都會親眼看見小汝踏進學校大門後，才會去上班，唯有這樣我才會放下心來，這就是身爲父親的責任感吧。隨著每一天，責任感會更重，但心裡多少有點消沉，因爲孩子總有一天會長大的，這是現實，小汝不可能每天都跑到床上玩我的鬍渣，總有一天會感到厭煩，甚至開始感覺有鬍渣的男人其實是髒兮兮的，然後彼此之間便會產生不可避免的隔閡，明明知道這一天一定會到來，但身爲父母想到還是不免感傷。

突然間，我想起了隔壁的吳先生。那傢伙也是父親吧，不知道他是以怎樣的心態在教導小孩呢？回想著對吳先生的印象，很模糊啊，只記得他面目白皙，看起來挺文靜的，不過個性很陰沉，幾乎不跟住戶往來，頂多看到他帶著女兒一起出門上班上學……他的女兒是長什麼模樣呢？也很可愛嗎？應該沒有小汝可愛吧？不過，到底是長什麼樣子呢？每次遠遠看見吳先生的女兒，她的臉彷彿被什麼罩住一樣，是口罩嗎？而且她身上穿的也不是附近小學的制服，每天的制服似乎都不太一樣，更誇張的是她每天都背不一樣的書包上學。

或許吳先生是個很寵女兒的爸爸吧，女兒看到哪個同學的書包比她漂亮，跟他鬧一鬧，吳先生就會買給她了。但這樣不行，做父親的偶爾也要擺出強硬的一面啊。

✝ ✝ ✝

下班時間，今天是由老婆接小汝放學，所以我跟公司裡的其他年輕同事約好了，到附近的電子商場逛逛後再回去，只不過我才踏出公司大門時，就接到了老婆的電話。

「老公，你有去接小汝嗎？」

「妳在說什麼？我才剛離開公司耶。」

「……」老婆沉默不語。

接著我差點暈厥過去，儘管老婆什麼都不說，但我已經知道發生了什麼事，全天下父母最不希望發生的事情，在我們身上發生了。

「妳等一下，我馬上趕去學校。」一說完還來不及跟同事說明原由，拔腿就往學校衝。

學校的校門口，聚集了不少老師，詢問後才知道，這些老師們剛剛都在校園和附近巷弄尋找小汝，現在才回到校門集合，但每個人都是帶來令人絕望的答案：「沒有看到她。」

「還是先報警吧，小汝她……」老婆無助地抓住我的臂膀。

「才過了幾個小時而已，警方不一定會受理。」堅強，現在一定要堅強，我說：「我回家開車，再找一次，找遍整個市區也要找到。」

「我也是！」

「我也去開我的車！」

許多老師也答應幫我們的忙，沒有看好孩子跟留心可疑人物，這讓他們心裡產生了一定要幫忙到底的責任吧。

這時，我的心裡還是有希望的。是綁架的話，付贖金就好了，這是最簡單的；是戀童癖的話，我祈求小汝的生命不要受到威脅，不管他對小汝做什麼，只要把她平安地還給我們，這是我們最低的奢求。

但是，我們遇到了最糟的情況。

我跟老師們都找不到，反而是其他民眾先發現了小汝，通報警方後，警察馬上聯絡了我們。

「學校聯絡簿掉在現場，所以才聯絡得到你們。」警方的口吻一副公事公辦的樣子，再冰冷不過，「請到現場指認屍體。」

小汝的身體全身赤裸，躺在冰冷廢墟的空房間中，我已經聽不到那些員警對我說什麼。

因爲他們在騙我。

他們騙人，小汝明明還活著，她只是躺在那邊而已。

你們看，她的身體還在發抖，她只是躺著而已。

我脫下外套，準備要幫小汝蓋起來，員警們紛紛阻止我。

「請不要這樣！」

「在鑑識工作完成前，不能破壞現場！」

「對不起，現場蒐證很快就完成了！」

你們在說什麼鬼話？她明明還在發抖啊，一個人躺在這裡忍受著寒冷，等待著父母前來，難道我們來了之後什麼也不能做，連僅僅幫她蓋上一件外套都不行嗎？

「請跟我來。」一個警官用強硬的態度把我們帶到了隔壁房間。

他沒有多費脣舌安慰我們夫妻，而是直接解析起現場的狀況：「你們女兒的隨身物品，除了聯絡簿以外，其他似乎都被凶手帶走了。」

「你的意思是？」

「我們會以制服跟書包為線索，盡速抓到凶手。」警官用堅定的眼神盯著我們，「我知道沒資格安慰你們，因為只有做父母的才能體會這種傷痛，我們警方所能為你們做的，只有盡快抓到凶手。」警官接著用雙手遞給我們他的名片，上面寫著陳威助這個名字。

「拜託了，」老婆點點頭，從齒間蹦出一字一句：「請務必將凶手碎屍萬段。」

我跟老婆都跟公司請了長假，但兩個人在家裡卻如同行屍走肉般。

那位叫威助的警官有時會聯絡我們，說他們已經派人搜索各垃圾場，只要找到被歹徒丟棄的制服跟書包，就能從這些物品上查出線索，但是一直沒有成果。

法醫驗屍後，較欣慰的一點是小汝並沒有遭到性侵害，但她卻是被殘忍地用繩狀物勒死的。

當她在廢墟中被殺死的時候，我在哪裡呢？為什麼我沒有辦法去救她？眞是沒用，我們眞是史上最沒用的一對父母。

小汝死後，我跟老婆幾乎足不出戶，三個月後，我們才重新回到職場。但很多東西都變了，住戶們看我們的眼神變了，公司同事們對我的態度也變了。

一開始，他們還會說幾句「請振作起來」「節哀順變」之類的話，但我知道這些話是做表面工夫，他們只是在可憐我，並在心中慶幸還好遇到這種事的並不是自己。

原本跟我關係不錯的鄰居同事們，開始遠離、冷落我跟老婆，他們不再主動開口跟我們說話，碰到面時，眼神也總是避著我們，彷彿只要和我們接觸就會染上惡運似的，但就算再怎麼迴避，無孔不入的流言蜚語還是傳到了我的耳中。

「還好這次是他們家的小孩，我們之後要小心一點，不然我們的小孩也會變得跟他女兒一樣喔，好悽慘喔……」好幾次我都偷聽到這類的對話。

每當我看到其他住戶帶著孩子在社區的廣場上玩耍，或是有同事在公司裡談起自己孩子的事時，我就在想：「爲什麼死的不是你們的孩子而是小汝？爲什麼偏偏是我們家要遇到這種事？」

在被其他人排擠及嫌惡的狀況下，一種可怕的妄想開始在我的心中浮現，我開始盼望著，哪天能看到這些人的小孩也被掐死，讓他們體會看看這種痛苦……

✝　✝　✝

有一天，我看到了小汝。

那是我準備出門上班時，我遠遠看到小汝站在電梯裡，跟吳先生在一起。

「啊！」我才叫出來，吳先生已經按下電梯開關，下樓了。

老婆探頭出來：「怎麼了？怎麼大叫一聲？」

「沒什麼……」我拉了拉領帶，「我只是……唉，沒事。」

剛剛吳先生的女兒背著的，是跟小汝一樣的粉紅色卡通書包，也難怪我會看錯。

這麼巧，吳先生新買的書包跟小汝的一模一樣啊……

有種詭異的預感從心頭竄起，吳先生該不會是凶手？殺死小汝拿走她的書包給自己的女兒？……我在想什麼啊？吳先生也是個父親，應該能夠體會失去小孩的痛苦，他是不可能會做這種事的。

電梯門打開，裡面有一位老住戶也跟我一樣準備下樓。

「早安。」我打招呼，但他只是用忌諱的神情看著我，大概認為我是個還無法接受可愛女兒過世的可憐男人，全身充滿陰沉的氣息吧？彷彿跟我沾上關係，自己的小孩也會被殺似的。

突然間，我想跟其他住戶打聽吳先生的事情，畢竟除了偶爾在早上看見吳先生帶女兒出門之外，就沒有其他的情報了。

「你知道住我們這樓的吳先生嗎？」我問。

「喔，他啊，我知道啊。」老住戶說。

「請問他女兒是讀哪一所國小，你知道嗎？」

「咦？」老住戶歪了一下頭，「他有女兒嗎？」

「你沒見過他女兒？他每天早上都帶他女兒去上學啊。」

「是嗎？我倒是常常遇見他一個人坐電梯，沒見過他女兒，可能是我錯過了吧。」

是這樣嗎……我彷彿嗅到了某種可怕的氣息。

到達一樓後，老住戶不願再跟我多說話就走了，而我則去找櫃檯的保全，問他總知道了吧。

「你知道住在六樓的吳先生嗎？」我問。

「知道啊，他幾分鐘前才剛出去吧，你找他嗎？」有著一張國字臉的保全老實地說。

「那你也有看到他女兒囉？」

「嗯？什麼？」

「他女兒啊，他不是跟女兒一起坐電梯的嗎？」

「沒有啊，他自己一個人出來的，從沒看過他帶著女兒出門。」保全想了一想，又說：「這個吳先生啊，印象中他根本沒女兒，也沒其他家人吧……」

連保全都這麼說，這代表著什麼？吳先生的女兒，都是我的幻覺嗎？

我從未看清過吳先生女兒的臉孔，也分辨不出她身上的制服，還有她幾乎每天更換的書包，這點點串連起來，更顯詭異，吳先生的家中一定有什麼秘密。

✝ ✝ ✝

這天我提早下班，馬上趕回住處，就是爲了等吳先生回來。家中的燈跟隔壁都是暗的，代表吳先生跟老婆都還沒回來，這正好，我就直接在家門口守株待兔好了。我不需要擔心老婆，她現在已經成功的把傷痛轉移到工作上，這段期間她都加班到很晚才會回家，我可以自己搞清楚吳先生的秘密。

黃昏時分，電梯門打開，吳先生走出來，他看到我後一如往常，沒有打招呼，而是直接無視我的存在，準備開門回家。

我伸手搭住他的肩膀：「吳先生，怎麼沒看到你女兒？」

吳先生轉過頭，冷冷說：「我沒有女兒。」

「可是每天早上，我都會看到你帶著女兒出門上學啊。」

「是嗎？大概是你看錯了。」

「我看得很清楚，而且每天她都背著新的書包，不是嗎？」

吳先生的動作僵住了，他用一種極爲複雜的眼神看著我，好像我說的是一件絕不可能發生的天方夜譚。

「要不要進來呢？」吳先生敞開了他的家門，「你想看我女兒的房間嗎？如果這樣你會開心的話。」

「如果你不介意的話。」我走進吳先生的家，整體來說，他家的格局跟我家一模一樣，除了家具的擺設不一樣外。

「我女兒的房間在那裡。」他指著角落的一個小房間，「你可以自己去看。」

在我家中，那個房間也是小汝的房間……

我走過去，打開門。如果是以前，打開自己家中的這扇門，小汝便會跑出來遮住我的眼睛，大喊：「爸比不可以偷看！」可是在吳先生家中打開這扇門，我卻看到了書包。

十……不，有二十多個小學生用的書包被擺設在這個房間裡，其中一個正是小汝書包的款式。

……等一下，那不僅僅是款式一樣，書包上的汙痕，扣環上損壞的痕跡，都跟小汝書包上的一模一樣……

我上前，打開了那個書包，裡面裝了小汝的制服跟其他課本，這時我心中唯一的想法，就是轉過去殺了吳先生。

但是對方比我早了一步。

腦後一陣火辣辣的疼痛，我整個人受不了疼痛而癱倒在地，然後是接連的重擊，我蜷曲起身子，做好基本的防禦。

撐下去，撐下去，等他鬆懈後再站起來殺了這個男人。

但對方沒有鬆懈的跡象，重擊一下又一下落在我身上，直到確定我已經完全沒有力氣站起來後，他的攻擊才停了下來。

攻擊的猛烈程度超乎我想像，就差那麼一點點，我覺得自己將要死了。

「嗚……」我抬起頭來，眼眶裡滿是頭部流下的血水，導致看不清楚眼前吳先生的模樣。身體的其他部位呢？手抬得起來嗎？不行，是脫臼了還是骨頭被打斷了？腿部呢？可惡……也撐不起來。

「是你殺了她嗎……我女兒……」我張開嘴巴說話，好像有幾顆牙齒也斷了。

「對不起啊。」他只說了這三個字，然後是另一下重擊，某個東西打到我的臉上。

我哀嚎一聲，身體像隻垂死動物般在地上抽搐。

「我沒想到你看得到她。」

她？是誰？

「她可以說是我所殺死女孩們的集合體，是一種罪孽，或者說一種詛咒吧。」吳先生用冷靜的口吻說著：「她們似乎不甘心被我殺死呢，每天早上跟著我離開房間，可是根本奈何不了我，她們根本傷不了我，只能看著我殺死下一個女孩，我以為只有我看得到，沒想到你也看得到她啊。」

錯了，錯了，不是我看得到，而是她們選擇讓我看到。為什麼我沒有早點發現呢？

我一直以為是「吳先生的女兒」，其實她是「死者們的意志」所組合成的啊，難怪她每次穿的制服跟書包都不一樣，還有她的臉總是模糊不清……她們知道吳先生接下來準備要殺死小汝，所以選擇讓我看到她們，用每天不一樣的書包跟制服警告我……如果我早點發現，然後跟其他人詢問的話，也許就不會……

「反正已經結束了。」吳先生用某種東西繞住了我的脖子，「你的屍體我會好好處理的，不用擔心，你很快就能見到女兒了。」

線狀物纏繞住脖子的壓迫感讓我無法正常呼吸，但我還是拚命問了一個問題：「為……為什麼……」

「為什麼？」吳先生的雙手正在慢慢施加力量，一點一滴剝奪我呼吸的能力，同時把頭湊到我的耳邊說：「你應該很清楚原因呀，我可以從你的眼神裡讀出，你跟我都是一樣的人吧？」

「我跟你……才不一樣……」我幾乎要聽不到自己的聲音了。

「不對，我跟你一樣，都是承擔著喪女之痛的父親，」吳先生說：「我的女兒也是被殺死的，所以我的感覺你一定懂，那就是憑什麼其他人的孩子都可以平安無事，偏偏是我家的寶貝出事？」

呼吸呀，快點呼吸，終於有空氣能進入我的氣管內了，吳先生似乎將力氣放在說話上，而在不知不覺中把手鬆開了。

「那些王八蛋來安慰的時候，都是一副假惺惺的模樣，說明白一點，他們根本就不在乎我們，只在乎自己的小孩，只要自己的家庭幸福就夠了，我們只是被他們推到前面的犧牲者。」吳先生在我耳邊像刑求般地問道：「你自己老實說，難道你不希望有其他孩子陪著你女兒一起去死嗎？」

我承認，我之前確實有這樣的想法。想把其他人的小孩也殺掉，讓他們也嘗嘗這種感覺，但那只是因爲仇恨才產生的偏激想法，根本不該存在。

就算其他人的孩子死了，小汝也無法回來，我很清楚這一點。

「殺掉我女兒的混帳還在監獄裡，再過三年時間就出來了，到時候我也會去殺掉他。」吳先生說：「在這之前，我要讓更多人感受到這種痛苦，所以我絕對不能被抓到，你實在不該主動來靠近我的……」

纏繞在脖子上的線狀物又加重了力道，好不容易獲得喘息的氣管再次被逼到絕路。

這次眞的完了嗎……

一聲巨響在房中響起。那是什麼聲音？

我看到吳先生整個人倒在我面前，然後爬向房間的角落，身後帶著血痕。

他中彈了，誰開的槍？我用盡全身力氣抬起頭，眼睛透過鮮血，看到一個男人站在房門。他將槍口指著肩膀中彈靠在牆角喘息的吳先生，對著我不好意思地說：「對不起，來晚了。」

✝ ✝ ✝

「學校其他的家長跟老師都沒注意到可疑人物的話，代表小汝可能是自己願意跟對方離開的，如此一來，我們就鎖定了你們周遭的人士，當然公寓裡的住戶也是。」在醫院病房中，我跟老婆凝神聽著威助警官的分析，他說道：「而這當中，我們第一個鎖定的正是你們的鄰居。」

「第一個鎖定？爲什麼？」我問，難道威助警官也看得到「她」嗎？

「這位吳先生在最近五年之中，就有六次以上的搬家紀錄，而他每次搬離的地點，在半年內都曾經發生過孩童失蹤或是虐死的案件，所以我們才把他當成第一目標展開監視行動。」

雖然威助警官說得很簡單，但我知道這種調查工作執行起來卻很困難，可能耗費了相當多的心力才發現吳先生的可疑之處吧。

「所以你們一直在監視他的一舉一動？」

「對，直到我的組員向我回報，說你進入了目標的房間，我覺得不對勁，便馬上趕過去，接下來你就知道了，千鈞一髮之際我對他開了槍。」

「如果再晚個十秒，我應該就死了吧。」我苦笑著。

老婆的表情卻十分凝重，說：「警官先生，那麼在他房間內發現的那些書包……」

「喔，在他房間內發現了二十六個小學生用的書包，包含你們女兒的書包……目前可以查到身分的受害者有八人，其他書包他堅持不知道死者的姓名，屍體也忘記丟在何處，多數已經列爲失蹤人口了。」

「比起小汝，那些孩子還更可憐吧。」老婆搖著頭道：「被這麼殘忍的人殺害了，父母卻連屍體都找不到……」

「警官先生，小汝的書包跟制服，我們可以拿回來嗎？」我問。

「等到蒐證結束後就可以了。」威助警官剛說完，他的手機馬上響了起來，他接起來講了幾句後，站起來跟我們彎腰致意，說：「上面又下了命令，接下來會有其他的員警負責幫助你們，我必須去協助其他案子的調查。」

我們再一次跟威助警官道謝，等他離開病房後，老婆說：「等我們再生一個女兒，直接把小汝的書包給她用，這樣等於小汝也陪在我們身邊，你覺得好嗎？」

「可以啊，不過有個條件。」

「什麼？」

「我用鬍渣磨女兒的時候，妳不能再阻止我了喔。」

井字

她不像妓女。

她長得很漂亮，無論氣質或裝扮，都不像做這行的。看看周圍其他站在路邊等客人的妓女，都打扮得妖豔逼人，她更顯得格格不入。

一件緊身牛仔褲，凸顯出她修長的身形，上半身只穿著一件簡單的T恤，上面印著一個我說不出名字的卡通人物。她總是背著一個簡單的女用包包，不像其他人拎著名牌皮包。正因爲上述這些理由，所以我才說她不像妓女，也因爲這些理由，她很合我的胃口。

我是個毫不起眼的臨時工，收工後就常常坐在她們正對面人行道上的長椅上休息，看著皮條客們招攬路人，帶客人挑小姐……看了那麼多次，但我自己卻沒有光顧過一次。

或許該幫自己破處了……就找那個不像妓女的女孩。

臨時工的收入其實比外界的刻板印象還要多，只要不隨便亂花的話，其實可以存到不少錢。

有天我終於打定了主意，走向正在攬客的皮條客，他看到我走過來沒有搭理，因爲在他的印象裡，我們這種人是絕對沒有錢的，他根本不想浪費半點時間在我這種人身上。

但我亮出白花花的鈔票後，他的態度馬上大轉變，笑嘻嘻地帶我去挑小姐，我理所當然選了那個不像妓女的女孩。

皮條客帶著我們到了隔壁的旅館，我跟那女孩一起進了房間。這裡不是有情調的汽車旅館，只是個普通的客房，對於妓女與客人之間，是不需要培養什麼情調的。

或許需要自我介紹一下吧？儘管有點小害羞，但我還是坐在床上介紹說：「妳可以叫我阿閔……其實我是第一次耶，哈哈哈，一大把年紀了還是第一次，眞丟臉啊。」

「嗯，你就叫我秋秋吧。」那女孩也坐在床上，同時俐落地脫掉上衣。

看著女孩僅剩內衣的上半身嶄露在我眼前，我第一眼看到的並不是她的雙峰，而是她的肚子。

在她的肚皮上，竟然有一個井字號的傷痕，而且井字的中間還有一個圓圈的圖案……傷痕雖然已經結痂凝固，但是從顏色來看，應該是這一兩天才造成的。

這是井字遊戲？難道是現在流行的某種刺青嗎？

「眞……眞是特殊的刺青啊。」我努力表現得不要太害怕，但是顫抖的聲音還是出賣了我。

「這不是刺青。」秋秋從包包裡拿出一把美工刀來放到我面前，我嚇了一大跳，這是要玩什麼性虐待的把戲嗎？

眼看我沒有接過美工刀，秋秋直接把美工刀放到我旁邊，然後整個人躺在床上，平靜地說：「可以了，來吧，要是你能贏的話，我就跟你做，而且不收你錢。」

「贏什麼？」

「這個遊戲呀。」秋秋朝肚子上指了一下，「拿刀子在上面找位置畫個叉叉，劃下去。」

秋秋口中說著匪夷所思的內容，臉上卻面不改色地盯著我。她要我在她的肚皮上……喂！開什麼玩笑呀？

「對不起，可是我不是付錢來傷害妳的，我只想要……」

「靠！你們這些男人怎麼都那麼沒種？」聽到我的拒絕後，她竟開始破口大罵起來：「每個都是這樣！上床前你們的老二都長在臉上，只想著要做愛！現在要你們幫我，卻都變成沒有懶叫的卒仔了？」

「等等……妳說什麼？幫妳？」我聽出秋秋似乎話中有話。

秋秋嘆了一口氣，緩緩說：「你以爲我是自願這樣做的？聽好了，這是一個詛咒，每天晚上，這個記號都會發出劇痛讓我生不如死，除非有別人可以在這個遊戲裡贏過這個詛咒，否則他便會一直纏著我，所以我才來當妓女，要客人們幫我。」

聽完後，我「哇」了一聲，這可以說是一個酷刑了，必須有人在她的肚皮上用刀子進行這個圈圈叉叉的遊戲，她才可以脫離煎熬？

不過，這種詛咒聽起來實在太不切實際了……這些傷痕以及她口中的詛咒，該不會是她吸毒後自殘，然後產生的幻覺吧？

秋秋似乎看出了我的想法：「我知道你在想什麼，你在想這不過是我亂掰的，根本沒有什麼詛咒，既然這樣，爲什麼不有種一點，直接割下去呢？」

「割……割下去嗎？」

「對，就在其中一格劃個叉叉，然後你馬上會發覺我說的是實話。」

我看了看手上的美工刀，猶豫不決。

「有種點，臭男人。」秋秋哼了一聲。

可惡，就衝著這一句，我豁出去了。我拿著美工刀頂在秋秋的肚皮上，滿頭大汗：「那我要割了，準備好了嗎？」

「沒問題，再怎麼痛我都忍過了。」秋秋接著咬緊了牙齒。

我深呼吸一口氣，選定了最右下角的那一格，我先從左上至右下劃了一撇，鮮血一下就從傷口滲了出來。

秋秋發出了一聲輕輕的呻吟，但沒有太劇烈的反應。接著我又劃了一撇，完成了一個叉叉，過程中我盡量放輕力道，不讓傷口太深。

就在我終於覺得解脫時，我看到了那個秋秋說馬上會讓我相信她說的是實話的證據。就在井字中下方的那一格，就像是有一個隱形人在刻劃一樣，竟然自己劃出了一個圓圈。

「看到了吧？」秋秋想必是疼痛異常，她緊咬著嘴唇，滿臉冷汗：「你看，這就是那個詛咒，他在跟你玩這個遊戲，你必須幫我贏他，我才可以脫離這個煎熬……」

我的手在發抖，美工刀啪搭一聲掉到了床單上，「但……如果我輸了呢？」

「那麼那些圈圈叉叉會消失，剩下井字，遊戲從頭開始，直到有人贏他爲止……」秋秋的眼神誠懇地盯著我，哀求我道：「現在你應該已經相信了，拜託你幫我贏了他吧，只有這樣……只有這樣我才不會活在惡夢裡……」

「等一下……我實在……天啊……」我不只手在發抖，連聲音也都在發抖，我甚至覺得自己已經沒有力氣能拿起那柄美工刀了。

「拜託你，之前的男人全都嚇到逃走了，我希望你不要跟他們一樣。」秋秋又說。

這可能是我一無所有的人生中，第一次被別人寄予厚望，而且有機會可以眞正的幫助到人。

我心裡很想幫秋秋，但身體卻不聽使喚，我的手一直無法伸出去把美工刀撿起來。

「我很想幫妳，不過我眞的需要準備一下……」

聽到我終於表現出想幫忙的意願，秋秋露出了笑容，她在自己的包包裡翻了一下，拿出幾罐啤酒放到桌上，說：「如果你想喝一點酒來壯膽的話，我這邊有準備，不用客氣。」

一看到秋秋把啤酒拿出來，我拿起其中一罐啤酒開了就喝，沁涼的酒精氣泡，馬上讓我全身都充滿了力氣。

說起來有點慚愧，我對酒精的依存程度雖然還不到酒鬼的地步，但也相差無幾了。事實上，我的人生會淪落到這個地步，跟我的嗜酒也脫不了關係。

「有酒的話妳應該早點拿出來呀，我們就不用浪費這麼多時間了。」我迅速把第一罐啤酒喝完，用力拍了幾下臉龐，說：「好了，稍微有點精神了，來吧。」

秋秋已經把掉在床單上的美工刀撿起來，遞給我說：「只要想著怎麼贏他就好了，不用顧慮我的感受，再怎麼痛我都能忍住的。」

「我盡力而爲吧。」我點點頭接下美工刀，準備開始在秋秋的肚子上進行殘忍的遊戲。

現在的局面是，圈圈已經占了最中間以及中下方的格子，我的叉叉只有右下方一個。我在中上方又劃上一個叉叉，阻擋三個圈圈連成一線。

當我用右手握著刀子切過秋秋的肚皮時，左手又拿了另一罐啤酒繼續喝，酒精不只讓我的情緒冷靜下來，持刀的手也顯得穩定多了。

喝完這罐啤酒後，叉叉也完成了。

圈圈接著出現在中左方的格子裡，我則是在中右方的格子補上叉叉，繼續防守，每劃下一個叉叉，我就剛好喝完一罐啤酒。

要是對方粗心大意的話，我只要再一個叉叉就贏了，但對方當然也注意到了，他將圈圈補到右上方的格子，開始斜線攻勢，我則馬上在左下方用叉叉防堵，這樣一來就平手了。

確定平手之後，井字裡的所有圈圈叉叉突然開始冒煙，一陣嗆鼻的氣味當面襲來，秋秋咬牙忍耐著這股疼痛，等煙霧散去後，秋秋的肚子上只剩下原來的井字記號，剛剛所填上去的圈圈叉叉全消失了。

「可惡，是平手呀……」

「平手本來就最常見的了，沒關係，繼續。」

秋秋幫我打開一罐啤酒，我接過來大口喝下，打起精神準備繼續下一場遊戲。在這個空檔，我問秋秋：「不過這個詛咒是怎麼到妳身上的？總不可能是一出生就有了吧？」

「這個詛咒本來屬於我之前的一個客人，後來跑到我身上來了。」

「喔？所以這個詛咒是可以轉移的嗎？」

「是可以的……不過那位客人已經死了，所以我也不知道方法。」秋秋在床上重新躺好，說：「好了，你繼續吧。」

聽她的語氣，似乎是刻意不想跟我談那位客人的事情，算了，現在幫秋秋贏得遊戲才是最重要的。

新一局的井字遊戲開始了，一個圓圈自動在井字的中間浮現，看來對方一開始都一定會選中間的位置，井字遊戲當中最重要的就是那個位置，誰占了中間，誰就擁有優勢，這樣一來，要取得勝利眞的不是一件容易的事呀。

我跟對方在這局的遊戲中相互展開幾次攻防，終於也到了最後的時刻，情勢跟上局差不多，對方只差一個圈圈就能連成一線獲得勝利，就算我防守成功也只是平手而已。

但這個叉叉還是要劃下去的，因爲這樣才可以開始下一局的遊戲。就在我準備拿刀子割下去的時候，我發覺不太對勁，在我眼前，好像出現了好幾隻手。

那些手全都按在秋秋肚子的圈圈上，每個圈圈裡都有一個手掌，而且看這些手的大小，應該只是小孩子的手……

我揉了一下眼睛，確定自己沒有看錯，劃下那些圈圈的，就是這些小孩子的手。原來在跟我進行遊戲的，只是一群小鬼嗎？

「我一個大人會輸給你們嗎？哼！再來！」我拿起美工刀，準備要劃下平手的叉叉。

那一瞬間，我全身突然失去了所有力氣，噗通一聲從床邊跌了下去。我整個人以扭曲的姿勢躺在地上，美工刀就掉在我的頭旁邊。

從地上的視角，我看到秋秋坐了起來，正用一種同情的眼光看著我。

「喂，怎麼回事？爲什麼我沒辦法動了？」我瞪大眼睛看著秋秋，驚慌地問著。

「……對不起，我剛剛說了謊。」秋秋說著，一邊從床上下來到我身邊跪坐說：「我想就算你再努力個一百次，應該都只是平手而已吧？」

這不是廢話嗎？只要思考邏輯正常的人，在井字遊戲中自然都知道該下在哪個位置，在經過無數次的平手後，直到一方露出破綻才會分出勝負，這就是這麼一個考驗集中力的遊戲。

「我早就知道你贏不了，也輸不了，一直平手下去，只是讓這場惡夢永無盡頭而已。」秋秋說：「我騙了你……輸了的話，遊戲確實會重新開始，但並不是在我的身上重新開始。」

「等等，妳在說什麼？」

還沒等我理解她的意思，秋秋已經拿起美工刀塞到我的手裡，然後再用雙手握著我的手腕、操控著我，準備在自己的肚子上劃下下一個叉叉。

但是她所選的位置並不是我本來預定的位置，若是下在那個位置的話……

「那裡會輸的呀，不可以選那裡！」

我張口疾呼，但秋秋卻回以詭異的笑容：「輸了沒關係，只要你能取代我就好了。」

這一抹笑容所包含的惡意，讓我明白了一切。

剛剛我喝的那罐啤酒是秋秋親手開的，她在酒裡下藥，讓我動彈不得，而我看到的那些小手，是藥物所引起的幻覺嗎……她想要的，就是要讓我輸。

秋秋用我的手在井字中填下最後一個叉叉，那是個無關緊要的位置，下一個圈圈很快浮現出來，三個圓圈連成一線，對方取得了勝利。

分出勝負的這一刻，那些原本在秋秋身上的小孩手掌，突然像章魚的觸腳般一個個從秋秋的肚子上拔起，往我身上飛過來。

同時，秋秋肚子上的井字冒出煙霧，並慢慢消失。我的肚子上傳來一陣火燒般的灼熱，以及刀割般的疼痛。

我知道，井字現在換到我身上了，那些小孩的手指正在我的皮膚上畫出井字的記號。

「現在這是你的詛咒了。」秋秋看著我，臉上的笑容既狂妄又張揚。

我這時終於明白，那位原本帶著詛咒的客人跟秋秋之間到底發生什麼事了……因爲相同的情況正在我身上發生著。

慶生

生日對於現代人來說，已經不是一個值得慶祝的日子，而是一個備受煎熬、忍耐、身體跟心靈都將被痛苦折磨的悲慘日子。如果你無法理解我在說什麼，那可能代表，你離現代年輕人的世界已經太遠了……

「十二點了！」

「生日快樂！」

頭套一被掀開，整個生日蛋糕就往智仁的臉上砸了過來，儘管已經知道會有這種下場，不過智仁還是被震撼到了。儘管去年的生日用出國旅遊爲藉口逃過一劫，不過今年怎麼樣都無法找到藉口逃過這群好友的摧殘。

智仁此刻正被綁在樹幹上，接受死黨跟好友們從四面八方而來的攻擊，武器則是生日蛋糕、派、香檳跟奶油，火力範圍覆蓋智仁的臉部跟上半身，眼睛跟鼻孔當然逃不過這種摧殘，智仁在攻擊一開始就連眼睛都睜不開，整個鼻腔內也都是蛋糕的甜味。

「喂，夠了呀……手下留情一點……咳咳……」智仁想開口叫好友們緩一下攻勢，不過一張開嘴巴，就馬上會有東西被丟進來。

這也是報應吧……前幾個月，他也才這樣整過其他朋友，對現在的年輕族群來說，生日就是要把壽星綁著，用所有能慶祝的東西往他身上扔。

說實話，這是很痛苦的一件事，不過這次你被別人扔過後，下次便可以用力丟回去，也算是一種輪迴。

智仁跟朋友們過生日時都遵循著這個輪迴，在壽星的生日前夕，會選定一個地點，然後在生日將來到的前一個小時，把戴著頭套的壽星綁到那個地點，開始這種恐怖的慶祝儀式。

之前智仁跟朋友們都是選擇在公園或是有院子的友人家中，但這次比較不同，他們選擇了畢業的母校，已經荒廢了好幾年的國小。

聽說是在智仁他們這一屆畢業後，因爲學校高層爆出了貪汙醜聞，才被強制關校，學生也在教育局的安排下轉到其他學校了，母校就此荒廢。這樣回想起來，這似乎是他們畢業之後，第一次重返國小校園，只是沒想到會是以這種狼狽的方式。

智仁繼續被砸著蛋糕跟派，一邊苦笑。

眾人嬉鬧了一陣，當然整個過程智仁從頭到尾都被綁在樹上。慶祝活動將到尾聲，快沒東西可以砸的時候，跟智仁特別要好的兩個死黨正偉跟哲嘉，湊上前來伸手在智仁的臉上亂抹，一邊祝福：「恭喜，又老了一歲啦！」「下個月就換我了，你到時要手下留情喔！」

被綁在樹上的智仁求饒道：「靠，好啦，可以放開我了嗎？」

「沒這麼簡單啦，你忘記去年你是怎麼整我的嗎？」正偉露出不懷好意的笑容，「這次我們要如法炮製，嘿嘿。」

「不會吧……」一聽到正偉這麼說，智仁在心底暗暗叫苦，因爲他記得，正偉去年被大家綁在路燈下整整一個小時，而且還是他策畫的，這下子可眞的要自食惡果了。

正偉宣布：「這次要比照上次辦理，等我們收完之後，過一個小時再來這邊接你喔！」其他的朋友們這時也大聲叫好，瘋到興頭上，再瘋狂的決定都是理所當然的。

這下慘了，情況跟上次完全不同啊，去年綁正偉那次是在明亮的馬路上，而這次是在荒廢的校園裡，雖然說是母校，但智仁還是會怕。

智仁大聲哀求：「喂，你們要把我一個人丟在這邊嗎！太扯了啦，這裡很恐怖耶！」

「不會怎樣的啦！學校又沒鬧鬼！」

「這不是有沒有鬧鬼的問題吧！喂！別走呀！」

智仁看著大家撿拾地上的東西準備要離開，他心裡知道這群人是玩真的。

「那麼我們先走囉，一小時後見啦。」眾人收拾好東西，並一一對著綑在樹上的智仁說再見，每個人的臉上都是一副想快點逃離這裡的表情，畢竟這種誇張的惡作劇，多留下來一秒可能都會良心不安。

好友們的背影很快地消失在漆黑的校園裡，當他們的聲音完全消逝在空氣中時，智仁不得不面對現實，荒廢的校園裡，只剩下他一個人了。

「媽的，這群畜牲竟然是認真的……」智仁扭動著身體跟手腕，想試著掙脫束縛，不過負責綁他的朋友還眞是一位繩藝好手，不管智仁怎麼用力，綁著的結都沒有絲毫鬆脫的跡象。

看來只能等那群王八蛋回來救他了，智仁自暴自棄地舔著留在臉上的奶油，打算享受這難得安靜的空間。

要在都市中找到像這樣安靜無聲的靜謐空間，也只能到廢墟去找了吧……

這算是智仁頭一次到廢墟，而且是自己的母校，在毫無雜音的環境之下，所有回憶一下子都湧了上來。

智仁眺望著一旁的操場，以及低矮的教室，以前跟同學們玩耍的快樂時光浮現眼前，雖然現在的操場已經被黑壓壓的雜草覆蓋，成排的教室看起來像是被丟棄的破爛貨櫃屋，不過當回憶湧上來時，智仁還是感覺心裡甜滋滋的。

當一個人長期待在廢墟時，聽覺跟各種感官會跟著變得敏銳，因爲任何一個不尋常的聲音或物體，都會嚇到你。當智仁還沉浸在往日的回憶時，不尋常的聲音把他拉回了現實。

沙。

沙。

沙沙。

聽起來像是有物體在地上摩擦的聲音。

智仁朝著發出聲音的地方看過去，那是一棟漆黑的舊教室，肉眼看不清楚教室內是否有人，只能看到一個長方形的黑色建築物輪廓。

聽到如此不尋常的聲音，智仁並沒有感到害怕，他的第一反應是鬆了一口氣：「哇靠，你們躲在那邊幹嘛？是要準備嚇我嗎？」他認爲是剛剛離開的朋友們躲在那間教室裡等著嚇他，也許等一下就會一起扮鬼衝出來之類的。

不過教室那邊並沒有回應，但是沙沙的摩擦聲卻更靠近了。

智仁的心頭一顫，這時才驚覺，或許現在感到害怕才是正常的反應：「正偉，哲嘉，是你們嗎？好啦，我真的快被你們嚇死了，現在可以放過我了吧？」

黑暗的教室中並沒有聲音回覆智仁，但是幾個形體從教室外側慢慢浮現，一邊發出沙沙的摩擦聲，一邊往智仁走來。

智仁看到那些形體的形狀後，馬上知道那絕對不是正偉他們。那些形體的樣貌因爲逼近而逐漸清晰，智仁的瞳孔也隨著劇烈的恐懼而瞪大。他張大嘴巴，冷冽的空氣灌進口中加強了他的恐懼，那些逐漸靠近的形體沒有停下來的跡象……

✝ ✝ ✝

「欸，等我們回去以後，酒會不會都被喝光了啊？」

「如果你這麼擔心的話，待會路上再去便利商店買兩手就好啦。而且今天的活動是你策畫的耶，如果你不來接智仁的話，還有誰要來接啊？」

正偉跟哲嘉將車子停在學校外側後，兩人邊走邊聊，他們是回來接智仁去ＫＴＶ的，今天預計要來一個嗨到通宵的夜唱，而其他同學現在都已經到ＫＴＶ裡面先唱了，就缺壽星而已。正偉還因爲要來接智仁，而擔心酒會被其他人喝光。不過今天晚上把智仁綁在樹上是正偉的主意，自己的計畫就得自己承受後果。

兩人走進了校園後，哲嘉說道：「等一下智仁不知道會不會氣到揍你，我們已經遲到十分鐘了耶。」

「喂，是他去年先搞我的喔，而且我去年沒有扁他，而是留到今年才報仇，這已經算很君子了吧。」

「可是今年是把他綁在這種鬼地方，雖然是我們以前念書的地方，可是現在變成這樣，我還眞的有點怕怕的……」

「我們學校之前又沒鬧鬼，不用擔心這個啦。」

「你怎麼知道沒鬧鬼？我們沒遇到不代表沒有啊，我記得學校以前發生過教室倒塌的意外，當時不是死很多人嗎？而且好像還有人沒被找到……」

「那都我們阿公阿嬤那年代的事情了，現在不要講這個啦！」

話說到一半，兩人停下了腳步，怔怔地看著前方。

他們抵達綁智仁的那棵樹前，發現他已經不在樹上，當初用來綁他的繩子被凌亂地丟在樹旁。

「怎麼回事？」正偉向前撿起地上的繩子，不解地說：「智仁自己掙脫了？那個誰不是說他綁得很牢，絕對不可能被解開的嗎？」

「正偉，好像不是這樣耶……」哲嘉撿起另一段繩子，看了看缺口後說：「這個看起來不像是自己解開的，好像是……」

正偉也注意到繩子缺口的狀況了，破壞的情況相當嚴重，看起來就像是……

「被扯斷的？」正偉將這個答案說出口。

哲嘉則是搖搖頭：「智仁沒有那麼大的力氣，可以直接把繩子扯斷，除非……」

除非是別的外力把繩子扯斷的……哲嘉沒有把這最後一句說出口，因為這代表在廢棄的校園裡，除了被綁住的智仁之外，還有其他人在。

「手機呢？快打手機給智仁，問他在哪裡。」

正偉彷彿這時才想起了手機的存在，他馬上拿出手機撥出了智仁的號碼。電話撥通後，智仁的手機鈴聲卻從兩人的身後響起。

他們緩緩地往後轉身，面對著一棟漆黑的舊教室，長方形的建築宛如棺材一樣，智仁的手機鈴聲正從教室裡面傳出來。

正偉直接朝著教室那邊呼喚：「智仁，你在裡面嗎？」

但馬上被哲嘉打斷：「你等一下，先不要叫。」

「幹嘛？智仁應該就在那間教室裡啊。」

「怪怪的……」哲嘉的聲音充滿恐懼：「你難道沒看到嗎？」

「看到什麼？」

「你仔細看，那些教室的外面……」

正偉瞇起眼睛，努力讓眼睛適應校園中的黑暗，很快地，他也看到了哲嘉看到的東西。

在教室外面的走廊上，站了一排身形矮小的人影，他們大概是小學生的身高，而在黑暗之中，正偉勉強看到了那些人身上穿的服裝。

「啊！」正偉驚叫出聲，因爲那些服裝，他以前曾經看過。

以前還在讀這間學校時，曾經在紀念冊的照片上看過那套制服，但印象中那是好幾十年前的舊制服了，而他從未看過那套制服的實體。

沙。

沙。

沙沙。

那些矮小的人影似乎邁開步伐朝兩人靠近，空氣中響起腳步摩擦的沙沙聲，哲嘉與正偉如結冰般，雙腳凍結在原地，不知該如何處理眼前的情況。

他們可以轉身逃跑，但智仁此刻就在那間教室內，而且很有可能急需他們的幫助，這時實在無法棄他於不顧。就在這時，智仁的手機鈴聲停止了，這也代表一件事情：有人接起了手機。

「喂……喂？」正偉對著手機驚恐地問：「是……智仁嗎？」

「快走！」智仁的聲音在手機那頭大喊：「快跑啊！不然你們也會被抓進來的！快跑！」

智仁的這句「快跑」完全卸除了正偉跟哲嘉的責任感，這是讓他們堅持到現在還沒逃跑的主因，因爲他們不想再次丟下朋友逃走，而智仁的這句話幫他們解了套。

哲嘉抬起僵硬如石塊的腿，一把拉住正偉，大呼：「你聽到了！我們快跑吧！」

「等一下，我的腿還沒有……」正偉的腿還無法動彈，就已經被哲嘉拉著跑，轉眼之間，兩人如逃難般地跑出校門，氣喘吁吁地靠在車上。

在仍驚魂未定的狀態下，正偉努力整理自己的思緒，然後問哲嘉：「剛剛……那到底是什麼？爲什麼要抓我們？」

「不知道，等一下打電話叫其他人來，我們再進去找智仁吧。」

哲嘉話剛說完，他像是突然想起一件非常重要的事情，伸手用力拍向正偉的肩膀，問道：「喂，正偉……」

「怎、怎麼了？」已經飽受驚嚇的正偉，被哲嘉這樣這樣一拍，心跳整個停了一拍。

「剛剛……那一棟奇怪的教室，以前我們還在學校的時候，有看過嗎？」

經哲嘉這麼一提醒，正偉也回想起來了，剛剛那棟教室所在的位置，應該是一片空地，根本不存在什麼教室。而且學校在他們這一屆畢業後，隔一年就強制關閉了，根本不可能再蓋新的教室……

「我們剛剛看到的那個，到底是什麼呀……」正偉整個人癱倒在車邊，他已經分不清楚自己剛剛所面對的，到底是夢境還是現實了。

† † †

在KTV的朋友們接到通知後，他們雖然不知道發生了什麼事，不過一聽到正偉電話中驚恐的聲音，還是以最快的速度趕到了學校。

聽完整件事的經過後，所有人啞口無言，甚至認為這是另一個慶生玩笑，是正偉跟哲嘉聯合智仁要來整他們的。

「我們是認真的，不然的話，我們現在就一起進去看看吧！」

人多了，膽子也就大了，正偉跟哲嘉已經把剛剛的恐懼扔到一旁，這次無論如何都要找回智仁。

回到綁住智仁的地點，樹幹跟地上凌亂的斷繩還在，但那棟不該存在的教室，卻真的不存在了……在那邊的，是與大家記憶相符的荒蕪空地。

當眾人站在原地束手無策時，正偉拿出手機，再度撥打了智仁的號碼。手機的鈴聲響起，但卻不是那麼明顯，聲音感覺有點悶悶的。

所有人的視線，都朝著發出手機鈴聲的地方聚焦。

本來不存在教室所處的荒蕪空地，鈴聲正從泥土下沉悶地響起。

強迫中獎

如果你跟我們一樣，久居熱鬧的市區又喜歡到處亂跑的話，應該也會發現一種現象。

那就是在每條巷弄中，夾娃娃機的店面越開越多了，而且還越來越專業，在裡面常常可以看到兩種類型以上的遊戲機台，機台裡面所提供的娃娃跟獎品也越來越豐富。

夾娃娃的機台已經不僅限於「娃娃」這個品項，什麼東西都可以在裡面找到，熱門的有指間陀螺、藍芽喇叭、高級打火機、手錶、甚至玉石吊飾都有，因爲增加了許多的高價商品，現在夾娃娃店反而有一種精品店的感覺。

夾娃娃的技巧也變成了一種專業，網路上可以找到不少夾娃娃達人所拍攝的影片，他們專門拍攝各種機台的抓取技巧教學，如何利用爪子的慣性或是各種商品的特點來抓取獎品等等。

這個由我跟另外兩位朋友，重庭跟宇溪所組成的團體，正是以專門攻略各間娃娃機店爲目的，當我們走進一間擺滿夾娃娃機台的店家，勢必要殺他個秋風掃落葉，讓每台機台化整爲零。

說起來很帥氣，事實上我們只是三個吃飽太閒，把時間花在專精夾娃娃機台上的無聊大學生而已。

我們學校旁邊就是非常有名的觀光夜市，夜市中這種專門擺設夾娃娃機的店家也非常多，我們的技術都是在這些店家，用一把又一把的零錢苦練出來的。

雖然說現在的店家爲了讓獎品不這麼好夾，都會在爪子上動手腳，不過這可難不倒我們，就算爪子鬆垮垮的，我們仍可以用獨門技術夾到獎品。

一般的大學生，假日可能會出遊、唱歌或宅在家裡打電動，而我們三個在假日除了學校周邊的店家之外，也會騎車去其他地區的夾娃娃機店家狩獵，看其他店家有沒有什麼好的獎品，這已經是我們假日的固定行程了。

這禮拜的週末假日，我們三人如常地一起騎車外出，並選定了一間看起來剛開沒多久的店家，當下便衝進去準備殺個片甲不留。

在進入店家準備狩獵前，我看到店門口前方坐著一名女子，她坐在簡易的小板凳上，垂著長髮，前前後後地搖晃著身體，好像隨時會倒下來一樣。女子雖然垂著長髮而看不到臉孔，不過從她蒼白的手臂肌膚跟纖細的身材猜測，年齡應該跟我們差不多，或許是這裡的店員。

夾娃娃機店的店員通常分成兩種，一種是會拿著麥克風大聲嚷嚷，並在店裡到處繞來繞去幫顧客加油，像是娛樂晚會主持人般存在的店員。另一種則是坐在店門口，靜靜地等待顧客反映問題，並視情況進入店內調整娃娃位置的店員。

我個人比較喜歡第一種店員，當我們在人多的店裡炫技時，店員的吹捧會招來許多路人圍觀，每夾到一隻娃娃，周遭就會發出如雷的歡呼聲，我很享受這種當英雄的感覺。

不過這名女子明顯是屬於第二種被動型的店員，除非有事情逼她不得不起身，不然她絕對不會動的。我在進門時也只是多看了她一眼，並沒有特別在意，隨即便準備大展身手了。

新開的店家一開始爲了吸引顧客上門，機台的設計會比較好夾，而我們也靠著這一點大有斬獲，手中一大袋滿滿的娃娃讓其他顧客也驚呼連連，如果圍觀的人中有不錯的正妹，我們便會把娃娃送出去。說眞的，娃娃夾太多帶回家裡也是占空間，所以多數都是送給了別人，畢竟我們的目的不是娃娃，而是享受征服店家、征服機台的那種成就感。

我們三人一直殺到機台內的獎品都快空了才罷手，說也奇怪，在這段期間，沒有員工進來調整娃娃的位置或補貨，就連進來看一下我們有沒有作弊的嫌疑也沒有，坐在門口的那名女子未免也太不敬業了吧？

當我們提著戰利品走出店門時，那名女子仍坐在板凳上面搖晃著身子。會不會是我搞錯了，她根本不是什麼店員，只是無聊坐著發呆的路人而已。

「今天用那個收尾吧，怎麼樣？」重庭指著店家旁邊的一台販賣機，這麼說道。

那是百元販賣機，一次一百元，以小紙盒的方式販售，而且一定有獎，只是這獎是大或是小，就要看運氣了。獎品小一點的話，可能拿到手電筒、剪刀、文具組這類的東西，而最大的頭獎則有可能是最新的智慧型手機、電動機車或電玩主機，我也蠻愛玩這種機台的，雖然講究技術的夾娃娃機還是我的最愛。

「好啊，那就老樣子囉！」我說。

「沒問題啦，就老樣子吧。」宇溪也贊同。

老樣子很簡單，就是三人各買一盒，然後看誰的獎品價值最高，誰就要請晚餐。

我們輪流到百元販賣機前放入鈔票，然後輸入號碼選取獎品，等三人都拿到一盒後，再一起打開。這台百元販賣機的設計以紅色為主，掉下來的紙盒每面也都是鮮紅色的，很有喜氣。

「三、二、一！」數到一後，我們三人一起把小紙盒掀開。

當我把蓋子掀開看到裡面的內容物時，馬上哀嘆了一聲，不過心裡明白，至少待會的晚餐不會是我請客了。

我買到的獎品是一副撲克牌，這算是最廉價的了。再看旁邊重庭，他也嘆了一口氣，因爲他的東西也沒好到哪裡去，是一副毫無時尚感的墨鏡，一看就知道是便宜貨，而宇溪掀開蓋子後就一直沒有出聲，我們看向他的盒內，明白他爲什麼沒有講話了。

因爲就連我們，此刻也都嚇傻了眼，當下呆若木雞。一疊紫藍色白花花的新台幣千元大鈔，就躺在紙盒裡面。

我的嘴脣一陣抽搐，好不容易才講出一句：「喂……這是玩具鈔票嗎？」

用一疊玩具鈔票當獎品，的確很有百元販賣機的風格。

重庭拿起一張鈔票，兩面確認了之後說：「這是眞鈔耶……天啊，這裡有多少錢啊？」

「看這厚度，十萬跑不掉吧。」我用肉眼粗略估計了一下，「宇溪，恭喜你中頭獎啦！」

重庭轉頭看向那台百元販賣機說道：「可是看這機台外面的介紹，頭獎應該是蘋果手機才對啊，你這十萬塊遠遠超過手機的價錢耶！」

宇溪可能是因爲太過興奮，因而無法用言語表達他的心情，他雖然還沒講半句話，但他臉上的燦笑已經說明了一切，而接著他似乎發現了什麼東西，說道：「鈔票的下面，好像有什麼東西……」

「什麼？」

那疊千元大鈔的最下方，似乎有物體被壓著，我伸出手，將整疊鈔票拿起來，被壓在下方的東西同時也印入我們的眼簾。一看到那東西，我們三人都想尖叫，但卻又發不出聲，只能叫在心裡。

在鈔票的下面，是一張寫著奇怪數字跟一串潦草國字的紙條，還有一小段像是人類頭髮的東西，再配上這紙盒鮮紅色的外觀，這根本是……

宇溪的手開始發抖，一個不穩差點把紙盒摔到地上，我連忙扶住他的雙手：「你還好吧？」

宇溪剛剛抽到大獎的喜悅已經不見了，他整張臉皺了起來：「這……這不就是那個嗎？路上撿紅包的……」

「應該只是廠商的惡作劇啦！」重庭想了一個解釋，說：「可能是想說……讓你直接抽到這十萬塊也太爽了，所以搞了這個小把戲嚇嚇你吧。」

「對啦，不管怎麼說，抽到大獎是事實，走！我們先找地方吃晚餐！」我把宇溪手上的小紙盒蓋上，叫宇溪快把那疊鈔票收好後，把紙盒直接丟到了旁邊的回收箱裡。

在這時，我也瞄到那名一直坐在店門口的女子，她不知道什麼時候站了起來，而她藏在長髮下的視線，似乎正盯著宇溪看，我感覺一陣發毛，急忙和重庭一起拉著宇溪離開這裡。

我們回到了學校附近，並到一間常去的音樂餐廳吃飯。在駐唱歌手悠閒的歌聲下，我們三人的緊繃情緒放鬆不少，但宇溪還是不知道該如何處理那筆錢，我幫宇溪把錢數了一下，確確實實有十萬塊，都是眞鈔。

「這筆錢……要花掉嗎？」宇溪看看我，又看看重庭，但沒人能給出意見。

長輩常說，意外之財最好快點花掉，但這筆錢不曉得該不該歸類在意外之財……畢竟是宇溪用百元販賣機正當得到的錢，只是壓在這筆錢下的那些東西，怎麼看都像是人類的毛髮，紙條上的字雖然潦草，但感覺也像是生辰八字跟姓名，而且紙盒外觀又刻意用大紅色包裝，怎麼看都像是一個大紅包。

眼看我跟重庭都不說話，宇溪終於一個拍桌：「這也太過分了！」

我跟重庭都嚇了一跳：「怎……怎麼了？」

「怎麼可以因為現在地上的紅包都沒有人要撿，所以就用這種強迫中獎的奧步？瘋了嗎？再說……我可是連女朋友都沒交過啊！難道我這樣直接要跟一個不認識的女人冥婚了嗎？」宇溪直接罵了一大串，我跟重庭已經想不出要用什麼理由來安撫他了。

最後，宇溪做了決定：「這筆錢，我就先不要花吧，如果對方到時真的找上門來，我就直接把錢退給他。」

我跟重庭都贊同他的做法，這一餐我們三人各自買單，而這一餐宇溪也沒什麼胃口，簡單吃了幾口以後，就說要先回家了，餐桌上只剩下我跟重庭後，話題自然還是圍繞著那筆錢在打轉。

我問重庭：「如果是你的話，會把那筆錢花掉嗎？」

「還是會吧，我覺得那只是廠商的小噱頭而已，」此時重庭的心情比較放鬆，已經可以開起宇溪的玩笑了：「說不定啊，宇溪跟我們說他不想動那筆錢，私底下還是會偷偷花掉吧。」

「但還是覺得有哪邊怪怪的，蠻邪門的……」我說：「像坐在夾娃娃店門口的那個女人，就很奇怪，本來一直坐著，宇溪拿到那一筆錢後，她就突然站起來了，而且好像還偷偷跟在我們後面去取車，你有注意到嗎？」

「女人？」

「對啊，一直坐在店門口那個，我本來以爲她是店員，哪曉得她好像怪怪的……」想起那女人站起來瞪視宇溪的畫面，我現在還是覺得有點不太舒服，而且在去取車回來的路上，也感覺她一直跟在我們後面。

「剛剛那間店的前面我只有看到一張小板凳，沒看到人啊。」

「就一直坐在那張小板凳上面搖來搖去那個女的，你沒看到？」

「那張板凳從頭到尾都沒有坐人吧？」重庭給了我完全否決的肯定答案，這答案讓我五雷轟頂，難道只有我看到那個女人嗎？

或者，那女人是……

「糟糕！」我急忙喊道，「糟了！糟了！」

「到底怎麼啦？」重庭不解地問。

我正要叫重庭快點打電話給宇溪時，餐廳外的馬路上，響起了刺耳的救護車警笛聲。

或許，重庭的這通電話還沒打出去，救護車的警笛聲就已經通知我們結果了……

不知道，在全台灣還有多少這種強迫中獎的販賣機呢？

跨年

「我沒有在開玩笑。」

「你這個禽獸。」

「你還有良心嗎？」

「你欠我太多道歉了，你今年打算就這樣躲過去嗎？」

「今年還剩下五分鐘，我要你記得，你給了我多麼悲痛的一年。」

「我會自殺的，我要你背上我的性命，懺悔一輩子。」

離跨年只剩下五分鐘了，跨年舞台上的歌手已經在唱最後一首歌，主持人也在旁邊準備倒數，幫今年做一個完美的ending，但我的眼睛並沒有在舞台上，而是緊盯著手機螢幕，用手指不斷刪除著惠岑傳來的訊息。

這女人，打算鬧到什麼時候啊？連跨年都要這樣搞，就算封鎖了她的帳號，她還是可以用其他假帳號來鬧我，真是夠了。

跨年的倒數時刻即將到來，儀珊看到我還在滑手機，便不高興地念我：

「喂，剩最後五分鐘了，你不要再滑手機啦！」

「好啦，快好了。」我抬起頭對著她笑道：「還有五分鐘，妳不要緊張啦。」

「你到底是在跟誰傳訊息啊？弄那麼久。」儀珊嘟起嘴巴，似乎因爲我暫時的冷落而在鬧脾氣了。

「好，不傳了，不傳了，妳不要生氣。」我把手機收進口袋裡，一把摟住儀珊，在她臉頰上親了一下：「在明年到來之前，我都不碰手機了，好不好？」

「好啦。」儀珊嘟起的嘴巴總算放下了。

儀珊並不知道惠岑的事情，而我也努力不讓她知道這件事，雖然紙總有包不住火的那一天……但就算被她知道了那又如何？再找下一個女孩就好了。

惠岑是我的前女友，當我瞞著她偷偷追求儀珊的時候，她竟然不知道從哪裡知道了，整天裝可憐叫我留在她身邊，身經百戰的我當然不吃這一套，惠岑發現裝可憐沒用後，便開始用一些激烈字眼的訊息騷擾我，而我也決定徹底斷絕跟她的聯繫，只是惠岑竟然可以一次搞來十幾個假帳號不斷傳訊息給我，眞是服了她的毅力。

如果惠岑把這份精神，拿去找一個不會偷吃又乖乖聽話的笨男人的話，不是更好嗎？眞傻。

我不覺得我是劈腿，我只是順著男人的野性而已，看到喜歡的女性就行動了，這不是很正常的嗎？

通常乖乖堅守著愛情又專一的笨男人，他們的下場就是等著被綁死，然後死到臨頭才後悔當初沒有好好大玩一番，眞是愚蠢。

「剩兩分鐘了！」

舞台上的歌手已經唱完壓軸歌曲，主持人從旁接過主導權，準備和全場的觀眾一起跨年，整個會場接近上萬名的觀眾開始鼓譟，大螢幕上也跳出了倒數的時鐘。

我跟儀珊緊緊地摟在一起，儀珊問我：「新的一年你也會一樣愛我嗎？」

「當然。」我嘴裡說著，心裡卻想：才怪。

腦中已經計畫著等一下開車載儀珊離開會場後，要去那個擁有全市最美麗夜景的老地方跟她調情，然後直接在車上上了她，畢竟我去年也是這樣搞定惠岑的，當初買車時就是爲了這點，才特地買了現在這輛大空間的休旅車。

剩一分鐘了。

口袋裡的震動告訴我，惠岑仍在不斷地傳訊息給我。

這女人……就不能調整心態好好地迎接新的一年嗎？她眞是沒救了。

「三十秒！」主持人興奮地大叫：「大家一起倒數吧！」全場的觀眾一起齊聲倒數著。

「十！九！八！七！六！五！四！三！二！一！」

「新年快樂！」

螢幕上出現爆炸的特效，環繞著會場的煙火也同時引爆，綻放出璀璨漂亮的光束朝天空展開，整個會場宛如白晝。

我將嘴脣緊緊湊上儀珊的嘴，以相吻做爲今年的新開始，而口袋中的手機震動也在這時停了，惠岑這女人總算放棄了吧。

舞台上的歌手接回麥克風開始唱新年的第一首歌，趁著儀珊轉頭去看舞台時，我拿出手機，檢查剛剛的訊息。果然，就在跨年的前一刻，惠岑又傳了不少訊息來。

「我已經做好離開這個世界的準備。」

「今年剩一分鐘了，我的生命也只剩下這一分鐘。」

「我知道你現在跟那個女人在會場跨年，就跟我們去年一樣。」

「我也知道等一下，你打算載她去做什麼事情。」

而在跨年的前幾秒，惠岑所傳的訊息是：「我會去找你。」

說實話，看到這句話時，我的頭皮確實麻了一下。之前的幾個女人，在跨年後我都是載去同一個老地方調情的，惠岑應該也知道這點，以她瘋狂的程度，的確有可能會跑去埋伏。

看來今年要換個地點了……我眉頭緊皺，這女人眞的讓我吃了不少苦頭。

離開擁擠的跨年會場後，我找了另一個夜景比較沒那麼完美的山區，不過這裡的好處是車床族沒那麼多，可以好好地清靜一下。停好車後，不需要太多的甜言蜜語，我直接將儀珊撲倒在車子後座，她也沒有任何抵抗，她的心早就已經屬於我了。

當我們兩人在後座準備翻雲覆雨時，儀珊抓住我後背的手突然放鬆下來，她問道：「那是什麼聲音？」

「什麼？」

的確，車上突然響起一種奇怪的聲音，像是某種東西在玻璃上摩擦的聲音。

「什麼聲音啊？」

聲音似乎是從前座傳出來的，我轉過頭一看前座，整個身體突然沒了力，性慾在霎那間全都沒了。

儀珊看到前座後，短促地尖叫了一聲：「那是什麼？」前座的擋風玻璃上，被人用可怕的血紅色寫了五個字：

「我來找你了」

儘管我確實被嚇到了，但並沒有因此而亂了心智，這是惠岑搞的鬼？難道她在車外？她怎麼知道我在這裡？

該死，她可能從跨年會場時就埋伏在我們身邊，然後一路跟蹤到這邊，我怎麼會沒想到這一步呢？

「那到底是什麼啊？」儀珊驚慌地套上衣服，看來她也完全沒做那檔事的心情了。

「不要怕，只是無聊的惡作劇。」我穿上襯衫，安撫道：「可能是單身的無聊魯蛇路過，他看我們太甜蜜了，所以就跑來惡作劇。」

「這也太可怕了吧！他還在外面嗎？」

我透過車窗檢查了一下周遭，沒有其他車輛，也沒有可疑的人影，剛剛惠岑在車窗外面寫完這幾個字後，又迅速地躲了起來吧？到底躲在哪裡呢？

「外面好像沒有人，沒關係啦，我現在出去把那些字擦掉，然後就先下山好了。」我說。

等一下轉移陣地去汽車旅館吧，這樣的話惠岑也不能隨便闖進來了。拿著車窗清潔布走下車子後，我端詳著車窗上的那幾個字。這確實是惠岑的字跡，看起來是用口紅塗上去的，她手腳還眞快，寫完後就不知道躲到哪裡去了，算了，快點清理完後下山吧。

我用清潔布擦拭著車窗上的口紅字跡，但馬上發現根本擦不掉。

擦不掉，不是因爲字寫得太過用力，也不是使用了特殊的塗料，而是因爲那些字是從車窗內側寫上去的。

我的腦袋一陣空白。

車門打開，儀珊探出身子，坐在車邊轉過頭問我：「你怎麼了？有必要嚇成這樣嗎？」

聽到她的聲音，我終於感到了恐懼，因爲那是惠岑的聲音。

「我不是說過會來找你嗎？」

客房服務

還沒打開房間的燈，我的鼻子就已經聞到了三流旅館那種特有的臭霉味，雖然早就已經有心理準備，但還是忍不住在心裡狠狠地罵了一句。打開電燈後，房間裡的景象果然如我預測，慘不忍睹。

我將行李丟到泛黃且生出霉斑的破舊床單上，接著打開房間內那台體積龐大、早已過時的映像管電視，轉到新聞節目，讓狹小又簡陋的房間稍微熱鬧一些。

雖然今晚住的這間旅館環境水準，實在是低下到讓人想放一把火燒掉它，不過這次出差事發突然，在沒有預訂的情況下，也只能住這種位於小巷子、乏人問津的無名旅館了。

好吧，凡事都要往好的方面想，儘管房間裡的床單充滿著汙垢跟霉味，電視畫面不時閃爍且聲音忽大忽小，廁所裡馬桶跟蓮蓬頭的水流更是互相在比小的……不過就算這些設備再爛，至少有水可以洗澡，有棉被可以蓋，比露宿街頭好就行了，我不斷地這麼安慰自己。

把行李安置好，進浴室洗了一個細水長流的澡後，我躺在床上配著宵夜一邊看著午夜新聞，接著床頭櫃上的電話突然響了，嚇了我一大跳，因爲我並沒有告訴客戶或同事入住的飯店跟房號，而且也沒有要求其他服務或是morning call之類的，更不用說現在已經是午夜了，這種時間會是誰打電話來我的房間？

「喂？」儘管心裡疑惑，我還是很快地接起了電話：「你好？」

「先生您好。」是一名年輕女子的聲音，不過我不確定她是飯店的員工，因爲剛剛在樓下櫃檯，並沒有看到年輕的女性員工。幫我辦手續的是一個臉超級臭的歐巴桑，可能是我太晚來，打擾到她打瞌睡，她的臉才會這麼臭。

女子用受過訓練的親切語氣在電話中說：「請問先生有需要客房服務或整理房間嗎？」

這也太快了吧，我才剛住進來耶，這種時候要整理房間幹嘛？而且我超痛恨人還在房間就要進來打掃。

「呃……目前還不用喔。」我說。

「好的，我知道了，感謝您。」女子跟我道謝後，掛上了電話。

我放回話筒，滿頭霧水，到底是那位小姐搞錯了房間，還是她剛剛指的

「客房服務」，其實是有別的意思呢？畢竟在這種詭異的無名飯店，常常會提供單身的男房客一些額外的服務，不過我完全沒有那個財力跟精力選擇那種服務。

至於整理房間，更是我最討厭的地雷，如果只是住一晚就離開就還好，如果是要在同一間飯店待好幾天的話，我都會特別吩咐櫃檯：「不需要整理我的房間。」因爲我不知道來整理的人會是誰，更不知道他會做些什麼。

很奇怪，多數人都不想讓陌生人進入自己家中的私人空間，可是在飯店裡卻不一樣了，大家反而不介意飯店的清理人員看到自己的私人物品、接觸自己生活過的痕跡、碰觸自己最隱密的生活，似乎認爲清理人員是完美的機器，會準確地把自己的房間整理好以後迅速地離開。但事實並非如此，那些員工也是人，只要是人，就會有變數。

我不敢想像，如果我讓清理人員進入我的房間，他們會對我的床單、衣物，或是遺留在洗手台的牙刷、刮鬍刀等私人物品做出什麼事情。而這次出差，我只住一個晚上而已，根本沒有清理房間跟其他服務的必要，爲什麼還要打電話來問我呢？更何況現在都這麼晚了。

思考這種沒有答案的問題讓我頭痛，我決定把電視關掉，正準備入睡時，電話又響了。

不會又打來了吧？

我接起來，果然又是那名年輕女子的聲音：「先生您好，這邊跟您確定，您所預約的服務時間是四點，請問沒錯吧？」

「服務？什麼服務？」

「如果沒有問題的話，那麼我們的服務人員會在四點準時抵達您的房間，感謝您。」

「喂……等一下，我沒有要求任何服務啊，而且半夜四點要服務什麼啊？」

那位小姐完全不理會我的疑問，制式化地跟我道謝後就掛了電話，讓我無法與她爭論。

這家飯店到底在搞什麼啊？

我從電話旁的分機表上找到櫃檯的號碼，打電話過去，不過沒有人接。不是才打電話過來嗎？怎麼一下子就沒人接了？

啊，氣死我了，看來要親自下去問個清楚才行。

換好了衣服，來到一樓櫃檯，接待我入住的臭臉歐巴桑已經不見了，坐在櫃檯後面仰頭大睡的換成一個禿頭阿伯，他們可能在午夜的時候交班，而剛剛打電話上來的小姐似乎沒見到，我在桌上用力敲了幾下以後，才把阿伯吵醒。

「唉喲，少年仔，幹嘛啦？」阿伯被吵醒後，感覺整個人都快要從椅子上跌下來了，他揉揉眼睛看著我，問：「你要過夜嗎？」

「不是，我已經入住了，只是有問題要跟你講一下，」我說：「我都告訴你們小姐不要其他服務了，她還一直打電話上來，眞的有這麼缺業績嗎？」

「小姐？現在就我一個人上班，什麼小姐？」

我把剛剛在房間裡接到小姐電話，並幫我預約四點要來服務的事情跟阿伯說，沒想到他聽完後整個臉色大變，在櫃檯後面撐起身體，相當愼重地問我：「你的房號是多少？」

我報上房間號碼，阿伯的臉色更難看了，罵道：「夭壽喔，阿菁怎麼會讓你住那一間啦，會出事的啦。」

阿菁一定就是那個臭臉的歐巴桑了，難道她讓我住的那間房有問題？

看到阿伯的臉色，我也察覺到大事不妙：「欸，大哥，你要說清楚啊，我那間房怎麼了？」

阿伯揮揮手，意思是不要多問：「沒什麼啦，還好時間還沒到，我現在幫你換房間就好了。」

他從抽屜裡拿出一支鑰匙給我，那是在同層樓另一間房的鑰匙，並提醒我：「你等一下上樓就先收東西，然後快點換過去。剛剛說那個女的是幾點要來？四點嗎？那四點前一定要搬過去喔，不然就要出事了，出什麼事喔？你不要問啦，來來，你這次住的錢我算你便宜一點，退一點錢給你，就不要問了。記得，上去以後快點移去別的房間喔。」

我努力試著想問出到底發生了什麼事，但阿伯守口如瓶，他把住宿費折扣退給我後，就叫我趕快上樓去換房間，並不斷催促要我快點，不然會來不及。

本來我不怎麼在意的，但阿伯這樣一再警告，讓我也開始心急起來，一回到房間，彷彿被看不見的怪獸追趕，馬上把衣物跟行李整理好，換到只隔幾間的新房，那間的格局跟擺設一模一樣，甚至連臭霉味也是。

把行李重新放好後，突然感覺到身體莫名地疲勞，可能是剛剛被阿伯嚇到後，此刻又突然完全放鬆的關係，這時我只想躺到床上睡覺，儘管阿伯剛剛所說的話仍滯留在腦海裡。

不換房間會出事？我真的無法理解阿伯爲何這麼說。如果打電話的女子並不是飯店的人，那會是誰？難道是其他房客的惡作劇嗎？如同之前說過的，思考沒有答案的問題總讓我頭痛，於是決定打起精神去浴室沖個冷水澡，再上床睡覺。但這個問題猶如一根刺，卡在腦袋裡很難忽視，而且我知道等到四點，這根刺會主動地把我從夢中喚醒。

當我從睡夢中醒來，不需要看手錶，相信現在已經深夜四點了。多數人都有過這樣的經驗，就算你平常的習慣是睡到中午自然醒，但當你遇到早上有一件非常非常重要的事情要處理時，不管那個時間是多早，身體都會在那個時刻警告你：快爬起來，不然就慘了。而我現在就是在這種情況下醒來，那位小姐在電話中所說的話，已變成了我的生理鬧鐘。

我從床上起身，眼睛直盯著房門。考慮了五秒鐘，決定去看看本來入住的那間房，究竟會發生什麼事？

將房門打開一些縫隙，走廊上幽暗舊燈泡發出的黃光，溫和卻有點恐怖，讓空蕩的走廊看起來像是通往另一個世界的通道。從我的角度，就可以看到本來入住的房間，門口並沒有清理房間的推車，也沒見到特別服務的小姐，走廊上半個人也沒有。我再確認了一下時間，現在時間已經超過四點零五分了，但什麼事情都沒有發生。

所以……只是個打錯電話的誤會嗎？假如真是這樣，那禿頭阿伯的反應也未免太奇怪了吧？

當我卸下心防，正感到安心時，一個尖銳的聲音從那房間的門口處響起，在走廊上造成了陣陣回音。那是高跟鞋踩在地上的聲音，然後很快第二聲、第三聲，高跟鞋的聲音越來越急促，而且越來越大聲。

當我意識到發生什麼事的時候，那發出高跟鞋聲音的物體，幾乎和我只有幾公尺的距離，我馬上將門關上，並迅速地鎖上門鍊。

門外的高跟鞋聲音這時停止了，我感覺到自己的心臟狂跳，腎上腺素也以不可思議的速度飆升，恐懼讓身體處於極度亢奮的狀態。

剛剛空無一人的走廊上，有個看不見的人穿著高跟鞋朝我的房間奔來，而且有闖入的意圖，還好我反應夠快，用最快的速度把門關上了。

儘管關上了門，但我的身體還沒從恐懼狀態脫離。躺回床上，試著舒緩情緒，並拿起話筒打給一樓櫃檯的阿伯。他接起電話，我馬上問道：「阿伯，你們的房間是不是有出過事？媽的，嚇死我了。」

「你是晚上有換房間那個少年仔嗎？發生什麼事啦？」

我把剛剛發生的事情如實地告訴阿伯，結果他先罵了我一頓：「年輕人那麼好奇幹嘛？你就在房間裡乖乖睡覺就好了，沒事跑出去湊什麼熱鬧？這下可好，她知道你換房間了，當然會追過去啊。」

「等一下，她是誰啊？」

阿伯說這間飯店以前有幫單身的男性旅客提供叫小姐的服務，不過很久之前出過事情，之後就沒有再提供這種服務了。我原本所住的那間房，就是出事的地點，當時有一位小姐在服務過程中被男旅客殺害，凶手到現在還沒找到。之後那間房就常傳出怪事，許多單身入住的男旅客都反映會在房裡接到奇怪的電話，或是有在睡夢中感覺被人掐住脖子，差點窒息之類的恐怖現象。

我越聽越覺得恐怖，便問阿伯：「那我現在該怎麼辦？」

「還能怎麼辦？你以為我現在敢上去嗎？反正撐到天亮應該就沒事了，而且她最後不是沒跑進你的房間嗎？不用擔心啦。」

怎麼可能不擔心？阿伯堅持要我撐到天亮，我也只能接受，因為現在我也不敢隨便開門跑出去。不過此時要睡覺，也絕對睡不著了。我拿起搖控器準備打開電視，打算靠傳出的熱鬧聲響壯膽，然後玩手機熬到天亮。不過當我的眼神瞄到電視螢幕時，準備要按下遙控器開關的手指頓時停止了動作，原本充滿全身的腎上腺素，此刻已經完全冷卻。

在光滑、猶如鏡面般的映像管電視螢幕上，反射出的畫面，讓我知道了一件事實。

我剛剛關門的速度，還是慢了一拍……

平交道

到達公司後不久，我就接到了老婆的電話。

這個時間點，老婆應該也抵達公司上班了才對，除非又有什麼重要的事，否則通常是不會再打電話給我的。

「怎麼了嗎？」我在座位上接起手機。

「……」電話那頭先是一陣沉默，但也不是完全沉默。

我可以聽到那邊傳來的背景聲，有車子引擎運轉的聲音、風吹過的聲音、行人們說話的聲音，老婆現在似乎在某個街道上。

「妳還沒進公司嗎？那邊有點吵耶。」我說。

一個熟悉且刺耳的聲音突然在那一端響起。

這個聲音，可能有人每天都會聽到，也有人一個月聽不到一次，而我是屬於後者，但還是馬上能分辨出那到底是什麼聲音。

因為從小學校都教過我們，聽到這個聲音時就要抬起頭，看看左邊，再看看右邊，那是鐵路平交道專屬的警示聲。

我記得老婆上班途中的確有一個平交道，所以說老婆是還在路上囉？未免也拖得太晚了吧，難道發生了什麼事，所以才打給我嗎？

「妳那邊發生了什麼事？塞車嗎？」

但她一直沒有開口，只持續不斷地傳來「噹噹噹噹噹」平交道的警示聲。

我有種不安的預感。

「喂？妳那邊到底怎麼了？倒是說句話吧？」

平交道的聲音越來越大，電話那頭好像有什麼人在大聲嘶吼，火車逼近的聲音也越來越大，聽得出來即將要通過平交道了，還聽到有人對著手機大口喘氣。

「親愛的？妳……」接著傳來火車呼嘯而過，物體被用力撞擊的聲音，我彷彿能看到手機在空中飛轉，然後重重摔落地面的景象。

手機可能受到強力衝擊而被撞壞了，「喀嚓」一聲後，就再也沒有聲響。我拿著手機佇立原地，活像被嚇傻的白痴。

剛剛……那到底是什麼狀況？老婆到底發生了什麼事？

我馬上回撥老婆的手機，但已經無法撥通。先打看看她公司的電話吧？已經到公司了也說不一定。

正要打時，我才發現自己其實沒有老婆公司的電話號碼。旁邊的同事看我的臉色怪異，問道：「怎麼啦？拿著手機一臉慘白，剛剛的電話怎麼了嗎？」

「……是我老婆打來的。」

「她說了什麼嗎？」

我把剛剛聽到的那些聲音告訴同事，同事也面色凝重，不過並沒有慌亂：「你還是再求證一下吧，說不定只是誤會。」

「誤會？」

「嗯，我在網路上看過類似的故事。」同事說：「有個女孩在上學途中等平交道，突然想到有事要打給爸爸，這時突然有人闖越平交道自殺，她親眼目睹這幅慘況，一時沒握緊將手機掉到地上，但沒有注意到已經接通了，過度驚嚇的她也一時忘了撿起手機。直到不久後才有人通知，她的爸爸已經在公司自殺，因爲他聽到那通電話的內容，以爲女孩闖平交道自殺了。但這只是個網路傳說，畢竟那位爸爸連打回去確認都沒有就自殺不太合理，所以一聽就知道是胡謅的故事。」

「不過我打回去給老婆，一直都接不通啊。」

「也可能不小心摔壞了吧。總之在確認之前，你不要亂想比較好。」同事安慰我。

說的也是，如果老婆眞的出了事，應該會有人通知我吧……

抱著這種七上八下的心情，我勉強開始工作，但我的心思完全無法放在電腦螢幕上的那些文件報表，仍然在意著那通電話。

接近中午時，我關掉了工作的視窗，決定上網看一下新聞。之所以忍到現在才看，是因爲我害怕猜測變成眞實，如果在新聞首頁上，眞的出現我最不希望出現的新聞，那該怎麼辦？

打開首頁，今天上午最即時的新聞馬上跳了出來。

「台鐵○○路段平交道發生意外，造成數班列車誤點。」我的心一緊，顫抖著手點進了這則新聞的連結。

上面只說自殺的女子當場死亡，沒有對死者的身分跟原因做進一步報導。對新聞來說，比起死者的身分，台鐵因此誤點了多久反而比較重要。

○○路段的平交道……就是老婆上班時會經過的那一個。

身旁的其他同事已經開始三三兩兩外出用餐了，而我雙手抱住頭，整個人頹坐在座位上。

不，還不該絕望，如果真的是老婆，為什麼還沒有人連絡我呢？老婆的身上應該有帶證件吧？如果真的是她，警方應該會通知我才對。

直到現在我都還沒有接到任何一通電話，代表出意外的不是老婆，不過這種想法也可能只是我的一廂情願。

同事們一個接一個回來了，中午用餐時間已結束，而我則呆坐了一個小時。

當不明號碼的來電從手機螢幕上跳出來時，我的直覺告訴我，是警方打來的，準備告訴我老婆死亡的壞消息。

我心如死灰地接起電話：「喂？」

「是我啦！」我整個人馬上活了過來，這是老婆的聲音！

「我現在是用公共電話打給你的，因為早上手機不見了。」老婆說。

「不見了？」

「可能是買早餐時掉的吧，反正就是不見了。」

「怎麼現在才告訴我？」

「又不急，想說你應該在忙吧，所以沒說。而且手機掉了，要怎麼跟你說啊？」

這倒也是……所以說，有人拿走了老婆的手機，然後闖平交道自殺了嗎？

「你有接到用我的手機打給你的電話嗎？」老婆突然問。

「怎麼問這個？」

「手機裡幾乎都是跟你的通話紀錄啊，如果有人撿到，應該會先打給你吧。」

「……沒有人用你的手機打給我。」我決定先不要把那通電話的事告訴老婆。

「這樣啊，這樣撿到的人可能不打算還我了，真可惡。」

「可能吧。」

「如果有人打給你的話，叫他快點把手機還來喔，就這樣了，回家見。」

「嗯，回家見。」

掛上了電話，總覺得有哪裡不太對勁。老婆說話的口氣有這麼活潑嗎？

一直到下班，都沒有接到撿到電話的人打來，而關於自殺的新聞在傍晚也有了更新。

自殺的女子身分不明，沒有證件、沒有可以辨識的特徵，據說女子在被火車撞上的前一秒還在講手機，但手機似乎被火車完全碾碎了，也無法從手機得到任何資料。報導的重點還是放在列車誤點了多久，多少旅客因此受到影響這些問題，死者是誰似乎無關緊要。

回家時公寓的燈是亮的，表示老婆已經回來了。打開家門，老婆就站在玄關處迎接我。

「你回家啦。」老婆微笑說著。

我將頭一偏，隨口問出：「妳是誰？」

老婆臉上的笑容僵住了，「你在說什麼啊？我不就是我嗎？」

是啊，沒錯，眼前的老婆，長相的確像老婆，衣服也是老婆的，但是爲什麼，她身上的氣息並不屬於老婆呢？

就因爲我感覺到眼前這個人可能不是老婆，所以才會將「妳是誰」這三個字，完全沒有經過思考脫口而出。

「抱歉，可能工作太累了。」我說：「晚餐吃什麼？」

老婆燦笑著，返身走向廚房：「我已經煮好了，快點來吃吧。」

「……是嗎？」

老婆根本不會作菜，她每天總是買快餐店的便當回家給我吃。

我們兩人在餐桌面對面坐下，老婆問我：「後來呢？撿到手機的人有打給你嗎？」

「沒有。」

老婆盯住我：「眞的沒有嗎？」

「嗯。」我拿筷子的手感到好僵硬，好像被蛇盯住的獵物。

「沒有的話就算了，改天再陪我去買一支新的吧。」

「好啊。」我說。

老婆……不，眼前這個長得很像老婆的人似乎很重視這一點，拿到手機的人到底還有沒有再打給我？事實上是有的。

撿到那支手機的人，已經死了，她在自殺前，還打了最後一通電話給我，但是什麼都沒有跟我說。這到底代表著什麼呢？

那個人，最後會被當成無名屍處理吧……

好像在哪篇網路新聞看過，台灣一天中發現的無名屍，其實超乎民眾想像。這些無名屍到底從哪跑出來的，當時的我沒有仔細思考。

但是現在只要一思考，彷彿能觸到恐懼的外皮，只要再用力一點點，就直抵恐懼本身。

還是裝作什麼都不知道吧，這樣就好了。要是認眞思考了眞相，只會讓人感到恐怖而已，這個世界的每件事情好像都是這樣的。家庭、政治、人生……只要認眞思考只會感到絕望，還不如不要多想。

「好吃嗎？」老婆笑著問我。

「很好吃。」我裝作什麼都不知道的樣子回答。

記得靠上椅子

我的房間不大。

以一個外地的學生來說，租的房間當然不用太大，擠得下一張床、一張書桌，再加上合理的租金，對我來說就很滿足了。

書桌剛好靠在床的旁邊，每天早上起床我要做的第一件事，就是必須把椅子靠好，才有空間可以下床。久而久之，這已經變成了一個習慣，不過，人類是很容易被習慣所蒙蔽的動物。

有天醒來時，因爲要上早上八點的課，對大學生來說，這是件累人的事，所以我的情緒也特別沮喪，因此靠上椅子的力道也比較大。

當椅子「叩」一聲靠到書桌下面時，我才從「習慣」的蒙蔽中跳脫出來。

到底是從什麼時候開始，我養成了這個習慣？是從搬來這邊以後就開始了嗎？或是……不，或許該探討的事情應該是：爲何我每天起床都必須靠上椅子？難道我睡前都沒有把椅子靠上嗎？那我怎麼上床的？

前一晚究竟有沒有把椅子靠上，不管怎麼回想都想不起來，但我卻記得每天早上都會靠上椅子以便下床……

或許每天晚上坐在書桌前看書或是打電腦時，都因爲疲勞而在不自覺中沒把椅子靠上，直接爬上床吧，我這麼對自己解釋，畢竟不是什麼會影響到日常生活的大事，所以也沒放在心上。

不過有一天我突然心血來潮，想特別實驗一下，人就是這樣，有時候就是會突然想驗證一些無聊的事情。

那天晚上，我百分之百確定有把椅子靠回書桌下面後，才上床睡覺。

不過習慣眞的是一個很恐怖的東西，隔天早上醒來後，還是順手往旁邊一推，把椅子靠上。

這時我才驚覺，剛剛做了什麼？昨天睡前還特別確定有把椅子靠好，而剛剛順手一推的習慣動作，代表了椅子是被拉出來的狀態。難不成自己在睡夢中把椅子拉出來？不然就是有「某種東西」在半夜裡拉了我的椅子。

那時我對這件事還沒有感覺到害怕，而是十足的好奇心升起，到底是什麼東西在半夜拉出了我的椅子？

後來在租屋處附近吃早餐時，遇到了一群跟我住同一棟公寓的學生們，因爲是同屆，很容易就跟他們聊了起來，不知不覺中聊到了椅子半夜會被拉出來的話題。

我開玩笑地問：「你們房間也會發生這種事嗎？」

本來並不期待他們會回答，因爲以爲這種情況只發生在我房間裡，沒想到這個問題一出口，他們彼此之間面面相覷，氣氛頓時變得不太對勁。

然後其中一個人緩緩開口：「你這麼一說，我房間好像也會這樣耶……」

「嗯，我的衣櫃也是這樣，每天早上都會自己打開，本來以爲是自己前一天晚上沒有關好。」

「我的廁所也是，燈都會自動打開。」

大家陸續說出自己房間的情況後，才發現原來每個人的房間都有類似的情況。有人是廁所的燈，常常早上燈都是開的，而他卻不記得前晚有沒有忘記關燈；有人是窗戶，早上起來是開的，而他卻不記得前晚到底有沒有把窗戶關好；有人是馬桶蓋，早上看見都是放下來的，而他自己卻不記得前晚有沒有把馬桶蓋掀起來；有人是放鑰匙的地方，早上鑰匙都會出現在書桌上，而他卻不記得前晚是把鑰匙放在口袋裡還是桌上。

多數的人，都把這類的情況歸類於「習慣」，也許養成了這樣的習慣，而自己沒有發覺吧？也許半夜會起來上廁所而忘了關燈；也許半夜覺得熱，而起來打開窗戶……

不過事實真的是這樣嗎？我很懷疑，畢竟我自己做過實驗，就算我睡前百分百確定有把椅子靠上，但起床時椅子還是被拉出來的。

當大家正在討論時，坐在旁邊一位本來全程保持沉默的同學開口了：「這沒什麼吧，這種情況不只發生在我們公寓，每間房子都會發生啊。」

大家紛紛轉過頭看他，問他爲何有這種說法。

「我們所居住的土地，在之前一定有人過世，或是發生過一些不好事情，而造成有靈魂留在原地，不是嗎？」這位同學以靈異玄學的角度切入。

這樣說來……台灣這塊土地的歷史確實悠久，不管是荷蘭占據時期、日據時期或是近代，都很難說自己所住的土地，之前是否曾經發生過什麼事情。

「你們所說的那些現象，其實就是那些靈魂在宣示主權，祂們透過一些小小的動作來警告我們，這裡畢竟是祂們的地盤，算一種無傷大雅的警告，所以大家也不需要太過擔心啦。」

但有一些不信鬼怪之說的同學不相信這種說法，連我也半信半疑。

那位同學兩手一攤，無奈地說：「你們若不相信我也沒辦法，只是跟你們說，不要去挑戰這條界線，也就是不要試圖去找出眞相，因爲如果這樣做的話，那些靈魂會認爲你在挑戰祂們的主權，一旦祂們這樣認定後，會發生不好的事情喔。」

這句話刺入我的心裡。這樣說的話，我之前的實驗，不就是在驗證這件事嗎？這樣的話，會被認定是在挑戰祂們嗎？

當其他同學們還在爭論這一點時，我的額頭已經流下冷汗，恐懼的情緒已經慢慢開始醞釀。

那天晚上我入睡前，特別對著書桌鞠了一個躬，煞有其事地道了歉：「對不起，以後不會冒犯您了。」雖然我對那位同學的說法仍是半信半疑，不過還是先道歉一下比較保險。

我雙手合十拜了一下後，這才上床睡覺，而那天晚上，卻第一次被椅子拉開的聲音吵醒。

我朦朧中撐開眼皮，看到椅子正慢慢被拉離書桌下方。一雙纖細慘白的腳，出現到椅子上，再站到椅背上，指尖面對著我，接著像是往前踢一樣，雙腳一晃，消失了蹤影。在這時我懂了，那些你以爲是「習慣」而合理化的不自然事件，可能都各自代表了一個殘酷的眞相……

下面這個事件，是一位女性讀者告訴我的：

讀大學時，女生宿舍有一個很有名的鬼故事，很後悔沒有先打聽清楚，不然我就不會住進去了。

搬進宿舍的第一天，我跟其他三位同屆的室友已經把行李整理得差不多了，有位學姐突然探頭進來說：「喂，學妹們，要睡了嗎？」

「學姐，差不多了。」宿舍雖然有門禁，不過並沒有規定幾點一定要就寢，不過大家搬了一整天的東西也累了，打算今天要早點睡。

「那就好，記得要早點睡，還有……」學姐眼神飄移了一下，「睡覺前記得要把椅子靠上啊，四張椅子都要。」

「學姐妳說什麼？」我們聽不太懂學姐的意思。

「沒什麼，那東西有時候會出現，有時候不會，以後妳們就知道了。」學姐語意含糊地說完後，就從門口消失了。

當時沒聽懂學姐其實是在警告我們，只覺得她語無倫次的，故意嚇我們嗎？也沒把她說的話放在心上。

到底那天晚上睡覺前，有幾張椅子是靠上的？幾張是沒有靠上的？大家都沒有去注意，不過肯定有椅子沒有被靠上……如果學姐警告得清楚一點，我們可能就不會犯這個錯誤了。

因爲我的個性比起其他人更容易緊張、不安，所以新環境第一天的夜晚，我是最晚睡著的，其他三個室友已經發出了鼾聲，我仍躺在床上滿腦子亢奮，期待接下來的大學生涯。

然後我就聽到了那個聲音。

嗚、嗚、嗚、嗚、嗚……

難聽且令人難受的呻吟聲開始在房間裡響起，是從書桌那邊傳出來的。因爲我睡在上鋪，所以轉個頭就可以看到書桌那邊的情況。

當時我沒感到害怕，因爲本能的以爲那聲音是某種「可以解釋」的原因所造成的，但我只把頭轉過去瞄了一下，就嚇得馬上轉回來了，心理不斷地浮現出那該死的八個字：我到底看到了什麼？

剛剛的那一瞥，我看到了無法解釋的畫面。

一個留著清湯掛麵髮型，身上穿著十幾年前電視劇才會出現的舊制服，年齡跟我差不多的女孩子，站在其中一張椅子上動也不動。

在深夜的宿舍房間看到這種景象，加上她不斷發出的「嗚嗚」呻吟聲，嚇得我幾乎想馬上辦退學，這就是學姐說的那個東西嗎？

我僵在床上動也不敢動，這時其他的感知也被放到最大，聽到那女孩除了站在椅子上不斷地呻吟外，似乎還有別的聲音。

除了呻吟，似乎還在說著什麼話，她的聲音低沉，像是從舊錄音機放慢速度播出來的一樣。

「一個睡著了……」

我想遮住耳朵，但是雙手完全舉不起來。

「兩個睡著了……」

我想踢醒旁邊的室友，但腳也完全無法動彈。

「三個睡著了……」

我唯一能動的地方，只剩眼皮，我閉上雙眼，以為能避開那可怕的聲音。

而下一句話聽得特別清楚，因為就是在我的耳邊響起的，甚至可以感覺到一股冰冷惡臭的氣息吹向臉龐。

「這個還沒睡……」

恐懼終於達到臨界點，我尖叫一聲，拿起棉被往床下扔，雙手雙腳不斷亂打斷踢，室友們終於被我吵醒了，一陣混亂之中，直屬學姐也趕到了。

相較於我的恐懼跟室友們受到的驚嚇，學姐們顯得特別冷靜。

「又出現了啊。」

「這次在第一天就出現了呢。」

「她其實沒有惡意的，不用擔心。」

學姐這才解釋清楚，如果在睡前椅子沒有靠好的話，「她」偶爾就會出現，不過這次是難得在新學期第一天就出現，不然學姐本來打算以後有時間再告訴我們的。

「她」出現時雖然嚇人，不過並不會傷害人，有幾個學姐之前也遇到過，但也有人在大學四年都沒遇過，我算是百年難得一見的幸運兒，剛住進宿舍就遇到。

「為什麼學校不請法師把她趕走呢？」

有一個室友這麼問，結果被學姐罵：「笨蛋！怎麼可以趕走！她可是大學姐啊！」

這位大學姐雖然不會害人，但我還是很好奇她出現的原因，所以手賤去查了一下學校宿舍之前的新聞。

果然啊，這棟宿舍在十幾年前，曾發生過學生在宿舍上吊的事情，雖然報導中沒有講明是哪一間，不過八九不離十就是我們這一間了。

難怪那位學姐要一個一個的數有誰睡著了……因爲她當年就是趁著房間裡其他人都睡著的時候，站到椅子上上吊的。

要是我當時沒有尖叫把大家都吵醒的話，那位大學姐應該會一直在我的床邊盯著我，直到我睡著爲止吧。

電話簿

說到公用電話跟電話簿這兩種東西，現在的年輕人應該都不熟悉吧？畢竟現在手機已經十分普及了，但說到這兩種時代的眼淚，我倒是有一段不可思議的經驗可以說。

那是在我很小的時候發生的事情，我們家是個大家庭，有好幾個兄弟姊妹。遇到休假日，老爸老媽常常會開車載全家人去一個親戚家玩，他們家是務農的，有整片的田野可以讓小孩子奔跑，我們這些小孩子每次去都玩得很開心。

有一次我們不曉得是在玩什麼遊戲，可能是鬼抓人或捉迷藏吧，我只記得跟躲起來有關係。我躲在一條乾枯的田溝裡，糊裡糊塗地睡著了，等我醒來的時候，太陽已經一半下山了，而天色即將轉黑。

往四周一看，其他人都不見了，只看到廣大的田野跟無限延伸的道路。我走在路上到處喊著其他人的名字，但沒有人回應，甚至連一輛車都沒遇到。

隨著天色完全暗下來，感覺自己像是來到了另一個可怕的空間，空蕩蕩的田野間，除了我之外，似乎沒有其他人了。

然後，我看到了那個。

一個亮著燈的公用電話亭出現在我前方，我像看到救星似地衝進電話亭。

明明身上沒有帶錢無法投幣，但拿起話筒卻可以直接撥打，這不管怎麼想，都是件很奇妙的事情。

不過當時的我也沒有想這麼多，而是直接憑記憶撥出爸媽的手機號碼，不過話筒裡的聲音卻告訴我，這兩支號碼都是「空號」，不管我怎麼謹慎地按下正確的號碼，就算直接撥一一〇，也都是空號。

怎麼會這樣？難道我被這個世界拋棄了嗎？

當我正感到絕望的時候，看到在電話下面放著一本厚重的電話簿。抱著「不管打給誰都好，只要有人來救我就行了」的想法，開始翻起電話簿。

電話簿裡有密密麻麻數不清的名字跟電話，我翻到最中間的地方，馬上看到了一位已經過世叔叔的名字跟電話在上面。

那位叔叔是老爸的弟弟，常常騎著一輛拉風的摩托車來我們家玩，所以我對他很有印象，只是他後來也是因爲騎摩托車出車禍才過世的。

明明知道那位叔叔已經不在了，但我還是撥出了那支電話，或許是想說：「既然都要找人求救了，那就找熟悉一點的名字吧？」電話撥出後，很快就有人接起了電話：「喂？」

那聲音聽起來就真的跟叔叔一模一樣，我忍不住哭了起來。

「你是誰呀？」叔叔的聲音問。

「我……我是〇〇……」我說出了自己的名字。

他知道我的名字：「啊！是你啊，你怎麼會有這支電話？怎麼打給我的？」

「我、迷路了……」我邊哭邊說著。

聽完我的哭訴後，他說：「好，你待在那邊不要亂動，馬上就會有人過去找你了喔。」

「嗯嗯……」

我放下話筒，走到電話亭外面等待著。

過了一會後，道路上出現了兩盞車燈，車子慢慢地開到我身邊，老爸從車上跳下來，開始罵我到底躲到哪裡去了，怎麼都找不到人。罵歸罵，不過看得出來他很開心我平安無事，等老爸罵完以後，我問老爸是怎麼找到我的。

老爸說他在路上聽到了很吵的摩托車引擎聲，明明路上沒看到摩托車，但那引擎聲卻清楚無比，就好像要引領他到某處似的，騎在他正前方，他隨著摩托車的聲音前進，就這樣找到我了。

我回想剛剛打給叔叔的那通電話，只是當我轉身回頭看，剛剛的那座公用電話亭已經不見了。

對號入座

對多數旅客來說，尖峰時間搭乘火車無疑是一場惡夢，先要排隊搶票，有錢還不一定有座位，好不容易買到了票，經過龍蛇雜處的車站，穿過擁擠的月台人群，最後終於擠上車了也還不能大意，因爲煎熬往往是上車以後才開始。

在擠得跟沙丁魚罐頭一樣的車廂內，每個人肌膚間的距離幾乎是零，若要問我們國內人口密度最高的地方在哪裡，那就一定是尖峰時間的火車站跟車廂上。

如果手腳夠快，能夠搶到一張對號的坐票，情況就會好上很多，至少在旅途上你能夠舒舒服服地坐到目的地，至於那些站在走道上的其他旅客，他們整個旅程會用羨慕的眼光盯著你看。

每次被那些人這麼盯著時，阿香心裡總會忍不住湧起一股優越感。

這種我有而你們沒有的優越感，是人類最無法抗拒的快感之一。不過阿香的優越感並不是「我有搶到坐票，而你們沒有，活該。」而是「誰叫你們年輕，年輕人就該多站一些吧，活該。」的這種感覺。

阿香才五十出頭，身體十分健壯，不過準備要出遠門時，她都習慣穿上比較樸素的衣服，也不會特意化妝，沒有打扮的她，看起來反而像是六十多歲的歐巴桑。這點優勢，讓她省去了搶車票的麻煩，她只要從自動購票機隨便買一張站票，就可以橫行無阻了。

由於她搭車的車站離起站相當近，所以當她上車時，車上往往還有許多空著的座位，只要隨便找一個位子坐下，就可以舒舒服服地坐到終點。

如果在路上遇到那個座位的主人前來認位時，常常會上演這樣的一幕：

「欸……阿姨，不好意思，這是我的位子。」對方手上會一邊比著對號的車票，一邊客氣地跟阿香說。

這時阿香會用凌厲的眼神朝對方一瞪，狠狠念道：「你年輕人多站一下是會怎樣嗎？不懂得體諒長輩嗎？現在學校怎麼教的？」

如果這樣對方還是堅持要阿香起來的話，阿香就會放大音量，搞到全車廂的乘客都知道，如此一來對方就會因爲太丟臉知難而退了。阿香坐車的時間大都是週末假日，許多乘客是返家的年輕學生或軍人，因此每次用這招都無往不利。

事實上，不只阿香一個人會這樣做，這招也是她從年齡相仿的朋友那邊學來的，那位朋友當時是這樣說的：「這招眞的好用，以後不用搶票搶得那麼辛苦啦，大部分的年輕人根本不會趕我起來，有時候啊，他們都只是拿著車票在遠遠的地方看我，根本不敢來說那是他們的位子呢！」

阿香實際做了之後，發現朋友所言眞的太對了，多數的年輕人在發現自己的座位被阿香霸占後，大都拿著車票在旁邊觀看，但阿香一眼就能看穿他們的想法，那些年輕人的眼神透露出：「那是我的位子啊，可是坐的是長輩，還是讓給她好了……」

看著那些年輕人心有不甘卻又無可奈何的眼神，阿香也開始樂在其中了，而今晚在火車上，她再度感受到那種眼神了。

一位穿著制服的女高中生，正努力閃開車廂走道上密密麻麻的人群，朝阿香的位子走來，她的眼神中顯露出失望卻又帶著一絲期望，以阿香在火車上縱橫多年的經驗看來，這位女學生就是這個位子的主人，絕對錯不了。

阿香在心裡暗念了一聲，一個高中生想跟我們老人搶位置坐啊，沒有倫理觀念喔。她決定採取裝睡的方式，不去理會那個女高中生。

阿香閉上眼睛，假裝在睡覺，不管等等那個女學生怎麼出聲音叫她，她會完全地裝死，畢竟像她這樣的老人，在火車上熟睡是很常見的事情。

「那個……阿姨……」耳邊果然傳來了女學生的聲音，聽起來輕輕柔柔的，女學生似乎不想吵醒阿香，可是又不得不開口詢問。

女學生問道：「阿姨，這邊是我的位子，我有車票……」

吵死了，去旁邊啦，年輕人去旁邊站著鍛練體力啦，阿香心裡想。

「阿姨？妳有聽到嗎？」

有聽到我也裝作沒聽到啦，到底有完沒完？不要吵睡著的長輩，這不是基本的禮儀嗎？

「阿姨？」女學生又問。

阿香瞇起眼睛偷偷觀察女學生的表情，近距離接觸以後，她才發現女學生瘦弱得有點誇張，而且一臉憔悴跟失望的神情，好像沒有坐這個位子，就會失去一切似的。

「……阿姨？」彷彿哀求般，女學生最後的問句帶著哭腔。

吵死了，哭屁啊，這麼瘦更應該去旁邊站著，好好練一練體力！阿香開始不耐煩了。

女學生終於放棄，轉身擠回人群之中，往車廂與車廂連接的地方走去，那邊雖然也擠了不少人，但相對來說空間比較大。

終於走了……阿香睜開雙眼，鬆了口氣，按摩了一下手掌。

這時她感受到了來自鄰座的目光，旁邊坐的是一位理著平頭，看起來像是阿兵哥的年輕男孩，剛剛所發生的事情，這位阿兵哥一定都看在眼裡了。

阿香也不甘示弱，狠狠地轉頭瞪了回去，一副「你對老娘有什麼意見」的氣勢。阿兵哥被這麼一嚇，繼續低頭玩手機，眼神不敢再飄向阿香這邊。

列車繼續行駛二十分鐘左右後，廁所的方向傳來了騷動，本來就已經鬧哄哄的車廂上，變得更吵了。

「發生了什麼事情？吵吵鬧鬧的！」阿香受不了吵鬧聲，不斷地觀望著騷動所發生的方向，只看到有好幾個穿著制服的工作人員往那邊聚集，吵鬧中有幾個關鍵字傳入了阿香的耳中。

「暈倒……學生……下一站……救護車……」乘客與工作人員的聲音不斷地交錯著。

「有誰會CPR……來不及了？怎麼……再試試……」

該不會是？阿香有種不好的預感。

還好，不到十分鐘就抵達了下一站，當列車進站時，從窗戶可以看到有醫護人員正在月台上待命，火車完全停靠後，乘客還沒下車，醫護人員就帶著器材硬擠上車廂，車門處的情況亂成一團，從阿香所坐的位子也完全看不清到底發生了什麼事情。

當醫護人員抬著擔架衝下火車，往停在車站外面的救護車狂奔時，她才看到擔架上躺的正是剛剛那位瘦弱的女學生。

所以剛剛是她暈倒了嗎？不知道情況怎麼樣了？

面對這種情況，阿香沒有一絲愧疚，反而在心中發了更多的牢騷：眞是的，如果身體狀況不好的話，就不應該來搭那麼多人的火車啊，現在出狀況了要怪誰？自己的身體都沒注意，難道要怪我嗎？我的身體可是比那些年輕人更不耐操耶，如果我剛剛有讓座給她的話，現在就換我暈倒了吧。

火車再度啓動，阿香閉上眼睛，離她的目的地已經不遠了，她想要眞正好好地睡一覺，一直睡到抵達爲止。

不過當她要進入夢鄉時，一個聲音把她從座位上喚醒。

「阿姨。」是剛剛那個女學生，輕輕柔柔的聲音。

就像在夢中突然從高樓墜落一樣，阿香猛然睜開眼睛，看到那名女學生的臉就在她的眼前，臉與臉之間只相隔五公分。

「阿姨，這是我的位子，我有車票。」女學生的臉慘白如霜，死亡的氣息從嘴脣中吐到阿香的臉上，「阿姨，妳有聽到嗎？」

女學生瘦弱的雙臂從兩邊緩緩搭上阿香的脖子，阿香感覺到一股無形的力量扼住了她的咽喉，但她卻全身無法施力。

「阿姨，妳爲什麼都假裝沒聽到呢？」

那股力量逐漸加強，有某種力量正壓住阿香的氣管，但她卻無能爲力，臉上血管突起、眼珠充血、青筋暴露，喉嚨內開始發出咯咯的窒息聲。

「阿姨，這是我的位子，可以還我嗎？」

阿香費勁所有力量終於轉動了脖子，看向坐在隔壁的阿兵哥。阿兵哥一開始被她所發出的異聲吸引，現在看到阿香恐怖的表情後，整個人更嚇了一跳。

「咳……救……救我……」阿香好不容易吐出這幾個字。

阿兵哥錯愕了一下，才搞懂到底發生了什麼事，心裡想著：「坐隔壁的歐巴桑可能心臟病發或是某種病狀發作，相當危險了，我該怎麼辦呢？」

阿兵哥不到一秒鐘就做了決定，他戴上帽子，壓低帽沿，整個身體縮進座位裡面，開始裝睡。

「你……咳……」阿香感覺到徹底的絕望。

在她的意識完全消逝之前，女學生的聲音仍不斷在她耳邊哀求：

「阿姨，這是我的位子，我有車票……」

PART 3

比鬼更可怕的是……

ＣＯＲＰＳＥ，ＧＯ！

平常走在路上，低頭滑手機的人就已經很多了。

不過最近這兩個禮拜，低頭族的數量正以可怕的速度急速增加，現在不管是走在路上、等捷運、在餐廳吃飯，或是在公園散步，隨時都有可能會撞上一大群專心低頭玩遊戲，眼睛根本沒有在看路的人。

我對玩手遊並沒有特別的意見，不過這個遊戲可以讓全國人民瘋狂至此，的確有它的獨特之處。

那些瘋狂的人們手上所玩的遊戲叫《ＣＯＲＰＳＥ，ＧＯ！》，如果直譯成中文，就是「屍體，出發！」，不過官方宣傳遊戲的標題是「破案吧！ＧＯ！」

當這款遊戲推出的時候，被視爲打破遊戲框架的革命性遊戲，因爲他結合了最新的ＡＲ以及ＧＰＳ系統，玩家必須要走到戶外，跟著地圖指示來到相對應的地點，才可以進行遊戲，而不像舊時代的遊戲那樣，在家裡就可以遊玩。

這種遊戲公司強迫玩家外出的遊戲，當然有好有壞，好處是可以走出室外運動跟交交朋友，對身心的健康都有幫助，不像以前的遊戲那樣，必須鎖在家中十幾個小時瘋狂練功。壞處是如果天氣不好呢？而且一定要邊走邊玩，對於一些不愛動的玩家也點苦惱。

至於遊戲內容，玩家必須查看地圖上的指示，走到特定的地點後，就會出現所謂「被謀殺的屍體」。

這當然不是真的屍體，而是利用ＡＲ所做出來的擬真屍體，屍體可能出現在任何地方，人行道上、某家店鋪的門口或裡面、百貨公司的某層樓的專櫃，或是電線桿旁……

當玩家利用手機找到這些屍體後，也必須用ＡＲ功能找出凶手在附近掉落的物品、線索資訊等等，地圖也會指示其他線索要去哪邊獲得，玩家就必須循著這些指示跟線索來推理出命案的眞相。所以如果哪邊有出現屍體時，就會看到一堆玩家拿著手機在那個地點找線索，並一邊交流交換意見，共同推理眞相，找出凶手的身分。只要推理出凶手的身分後，玩家可以把自己的推理內容上傳到遊戲的ＡＰＰ上，交由遊戲公司評分，判斷推理是否正確。

這也是大眾爲何會如此熱中於這款遊戲的原因之一，因爲遊戲公司會視推理的內容，給予豐厚的破案獎金。

只要有屍體出現，就是一起虛擬的命案，而眞相只有遊戲公司知道，玩家推理的內容越接近眞相，遊戲公司給的報酬也會越高。

不過，同樣的推理內容僅限於上傳一次，所以每個玩家都在研究如何以不同的推理方式來破案。

案件的內容從簡單到困難都有，簡單的案件相對破案獎金較低，如果是難度高的案件，遊戲公司給的獎金也絕對不會手軟。

據說遊戲公司也跟許多現役或退休的資深刑警及法醫合作，所以每起虛擬案件的細節跟內容都相當眞實，如果推理內容過於隨便，遊戲公司是不會給予任何報酬的。因此，在玩家中有因爲好玩而跟風的「一般玩家」，也有爲了獎金而努力的「賞金玩家」。不管如何分類，《CORPSE，GO！》的確在遊戲歷史上寫下了新的篇章。

不過對於這款遊戲，我顯得興趣缺缺。

我並不是自認清高的人士，那種人在這款遊戲推出後，就會先批評一下那些跟風的人，說什麼玩遊戲浪費生命，人生有更重要的事情要去做之類的。

當然每個人都有表達自己意見的自由，不過我覺得這種人之所以會講那種話，只是因爲沒朋友揪他一起玩，所以表達妒忌罷了。

幾年前，當智慧型手機、臉書、LINE這些東西問世的時候，也是一堆人罵說年輕人都沉迷這些東西，國家要毀滅了，結果這些人現在也都加入了毀滅國家的行列，因爲不加入就會被淘汰。

之所以對這款遊戲不感興趣，就只是單純的提不起勁，我認爲遊戲還是要有戰鬥、闖關、升級才是遊戲眞正該具備的東西，像這樣要動腦思考推理的遊戲，對我來說實在沒有娛樂性，也因此手機一直沒有下載這款遊戲。

有時跟朋友一起逛街，他們都在低著頭尋找下一個命案地點，或是不斷整理蒐集之前的線索，我就閒閒沒事地在他們旁邊納涼。

這天逛街時，幾個朋友強迫我一定要下載這款遊戲：「就跟我們玩一次吧，如果你眞的覺得不好玩，再刪掉就好了。」

「好吧，今天就配合你們一次吧。」我無可奈何地答應了。

遊戲畫面跳到GPS定位的地圖上，結果馬上收到系統通知，下一個命案地點就在附近。

「運氣眞好！馬上有新命案了！」朋友們齊聲歡呼，拉著我說：「走吧！

就在幾條街外而已，你眞是有新手運耶，剛下載完而已，附近就有案子可以破。」

被朋友們拉著前往那個地點，但他們都沒有發現到，我的臉色面如死灰。

那個地點，我似曾相識……該不會是那個吧？

跟著GPS的指示，來到了新的命案現場，已經有不少玩家在那邊聚集，用手機找出虛擬屍體並收集線索了。

「來吧，把AR功能打開看看，你應該會嚇到喔！」朋友幫我操作手機，找到屍體後，把畫面秀給我看，「哇靠，這個案件的難度是最高的六顆星，獎金嚇死人耶！」

明明眼前只有一大群的玩家聚集在人行道上，但透過手機的AR功能，地磚上出現了一具根本不該存在的屍體。身邊的朋友們已經開始在附近找尋線索，而我仍拿著手機呆立在原地。

怎麼會這樣？

出現在手機畫面上的那具屍體，不管是姿勢、服裝，或是表情，都跟當年一模一樣……

看著路上滿滿的玩家，他們的頭腦都在研究要如何偵破這起案件。

六顆星，最高難度的案件……這麼多年來，連警方都查不出眞相，但在集合了這麼多玩家的力量之下，我還能逃得了嗎？

忽然之間，我發現了這個遊戲背後恐怖的眞相。

原來是這樣……

我頓時全身失去了力量，再也沒力氣拿住手機，手機落在地磚上，螢幕碎裂，發出清脆的聲音。

✝ ✝ ✝

玩家A：「嗨，今天還要去嗎？」

玩家B：「當然，我有一筆案件要破了，快領到獎金了。」

玩家A：「眞的假的？是幾星級的案子？」

玩家B：「四星級的。」

玩家A：「你還沒破過六星級的案件嗎？獎金很豐厚呢。」

玩家B：「我還沒那麼厲害啦……而且啊，聽說六星級的案件都很難破，超麻煩的不是嗎？」

玩家A：「麻煩？」

玩家B：「你不知道嗎？六星級的案件聽說都是眞實發生，但一直沒有被偵破的案件，是遊戲公司跟警方合作，想要藉由玩家的力量來查明案情。」

玩家A：「什麼呀，這是都市傳說嗎？」

玩家B：「不，這是眞的，前幾天不是有一個強盜殺人犯被抓了嗎？他好像就是因爲有玩家找出了警方當年沒找到的線索，因而破案被捉喔。」

玩家A：「太扯了吧。」

玩家B：「仔細想一想，一點也不扯啊，躺在警方資料庫裡面無法偵破的案件有那麼多，如果是藉由遊戲來讓社會大眾幫忙破案，也許眞的能捉到許多逍遙法外的凶手。畢竟玩家那麼多，在幾十萬筆的推理內容裡面，也許眞有玩家的推理觸摸到眞相呢！」

玩家A：「原來如此，從幾十萬筆的玩家推理資料裡面，來比對出警方自己所沒發現的線索啊，眞是聰明，這麼說來，我們玩家不就都被利用了嗎？」

玩家B：「換個角度想，我們除了玩遊戲娛樂以外，還可以一邊抓眞正的凶手，這樣對社會也算有貢獻啊。」

玩家A：「也是啦。」

「哪個遊戲不是在利用玩家呢？」玩家B淡然一笑：「而且大家都是心甘情願被利用的，不是嗎？」

主角則說出一句已經聽到膩的台詞：「原諒你是上帝的責任，我不是上帝。」

下一幕，主角拿起武器貫穿了父親的胸膛，父親發出哀嚎，畫面特寫著他胸膛的傷口，鮮血濺上了鏡頭，全場觀眾同時發出歡呼，因爲這一幕實在是太眞實了。

「好棒！果然夠眞實！」

「現在看電影，就是爲了要看反派死掉的畫面啊！」

坐在我旁邊的兩個陌生人開始交頭接耳。

「哇哈，多虧了《新電影法》，眞的大開眼界。」

「嗯，結局果然沒有讓我們失望。」

「欸，你知道這反派犯了什麼罪嗎？其實他這樣……死得也蠻慘的耶。」

「管他的，反正都被判死刑了，管他爲什麼被判死。」

是啊，《新電影法》，那是政府跟電影界所合作的新法案。

死刑犯在死刑定讞之後，可以有兩種選擇，一種是傳統的槍決，另一種則是跟電影公司合作，在嚴密的看管下接受訓練，並在電影中演出反派角色，而當這個角色死亡時，也就是眞正的死期。

因爲是經過政府立法同意的，所以主角殺人的行爲是合法的，也算是另類的處決了犯人，而眞實的死亡效果，也帶給觀眾不少娛樂，畢竟現在的觀眾胃口越來越大，已經不知道怎樣的電影才能夠滿足他們，用死刑犯來演出反派，並且眞正的殺死他們，觀眾很滿意這種效果。

如果犯人選擇跟電影公司合作，演出眞實死亡的反派角色，有兩個好處。

第一個是在演出跟訓練期間的生活相當優渥，完全是大明星的規格，當然警衛的看守也很嚴密。

有些犯人不想在死前一直被困在牢房裡，就算要死，也要享受過再死，於是選擇演出反派。

第二則是片酬，片酬相當豐厚，而且全數都會給予犯人的家屬。

我的父親，在電影中是眞實地被主角刺穿了胸膛，依照合約，我們家可以拿到不少的片酬。

被判死刑的父親究竟是爲了自己、還是爲了家人才選擇演出反派的呢？我已經無法問他了。

《新電影法》剛推出的時候，我年紀還小，父親當時帶我到電影院看一部動作片，片中的大反派最後被正派的角色們圍起來，用機關槍掃射了幾十發子彈才死去。

擔任大反派的犯人，他的胸膛在螢幕上被子彈貫穿、四肢關節被子彈擊碎，唯有臉孔保持完整，沒有人將槍口瞄準他的臉部。

導演會這樣安排，應該是刻意要讓觀眾看到犯人痛苦死去的表情吧，但是螢幕上呈現出來的效果卻是相反的，犯人的臉上沒有半點痛苦，他反而像是終於解脫了般，低頭看著自己滿身彈孔的身體，閉上眼睛沉沉睡去。

走出電影院時，父親問我如果可以選擇的話，我想當正派還是反派？

我不經思索地馬上回答，當然要當正派，因為演反派的壞人真的會死掉，但是正派的人可以繼續活著，而且被大家當成英雄。

這應該是每個小孩的標準答案，但父親聽到我的回答後，表情很怪異，似乎想聽到我回答另一種答案似的。

「你要記住，每個反派角色都有自己的苦衷，沒有人原本就是壞人。」父親當時說：「演到讓每個觀眾都能感受到反派不得不做壞事的理由，讓觀眾同情反派，甚至開始支持反派……這樣一來，反派也有機會成為英雄的。」

一個月後，父親因為殺人而被逮捕。

對家人照顧無微不至的父親為了償還龐大的債務，在搶銀行時跟警衛發生扭打，走火的槍枝不只殺死了警衛，還打死了兩個無辜的民眾。這件事情發生後，年紀還小的我被送到親戚家，從此沒再見過父親。

而十二年後，我現在終於在電影院的螢幕上看到他了。

電影散場，觀眾陸續離席。但我還坐在座位上，深思著最後一幕——父親的台詞，跟他的眼神。

或許父親的那句台詞並不是跟主角說的，而是在跟身爲觀眾的我說的。

反派也有機會成爲英雄……我很想親口跟父親說，他在我心中兩者都做到了。

廉價死刑

台灣殺最多人的劊子手，是我。

畢竟全台灣也只有我一個專業的劊子手。

從開始到現在，我到底殺死了多少人呢？本來我還會一個個試著去記住每個死囚的臉、名字，但幾年過去，發覺自己開始不在乎這些臉孔跟名字了，數量對我來說，也已經毫無意義。

彷彿按時打卡的上班族一樣，我已經將這種行爲當作例行公事，就像操作生產線上的機械一樣，簡單地按下按鈕，工作就完成了。

「還有三分鐘喔。」無線電中傳來組長的聲音，他正在指揮室裡監督著這一切，他的聲音也將我從幻想中抽離，讓我回到正在工作的現實中。

行刑室裡幾個特警正把這次的死囚綁在機器上，經過層層束縛，死囚早已動彈不得。獄警們完成工作後，一一退出房間，行刑室內這時只剩下穿著一襲白衣、戴著口罩跟手術帽，宛如外科醫生的我，跟準備幾分鐘後迎接死亡的死囚。

死囚只是一名十八歲的少年，像他這種年紀就奪人性命，在這個時代，說真的已經讓人感到不意外了。

在少年的正上方，擺放了一部攝影機，它將少年躺著的軀體全都收進鏡頭，現在行刑室裡的場景，正透過現場直播放送到全國。

時間差不多了，攝影機的紅色燈號亮起，直播開始了，我對躺著的少年說：「開始了，你最多有五分鐘的時間。」

親手殺死父親的少年張開嘴巴，只說了一句話：「我不後悔。」接著他閉上嘴巴，沒再說第二句話，臉色平和到不像將死之人，甚至比我還要冷靜。

我問：「就這樣嗎？」

「嗯。」他微弱地發出聲音。

這樣一來，電視機前的民眾會很失望吧，沒能聽到殺人犯慘痛的自白。不過規定就是規定，既然他不願再開口，那也沒辦法了。

「那麼，再見。」我按下按鈕，毒液迅速地透過機器輸入死囚的體內，五秒鐘抵達心臟，然後斃命。

機器上的少年只微微顫抖了一下，就連他臉上的表情也只是抽搐了一下，像只是受到微弱的電擊，然後隨即閉上眼睛，突然睡著似的。

「好，阿泰，去確認生命跡象。」耳機中的無線電又傳來了組長的聲音，我走到機器旁，確認少年的心跳跟脈搏，然後將一抹白布蓋在他臉上，這是向在收看直播的民眾宣告他已正式死亡的儀式。接著攝影機的燈熄滅，直播結束了。

✝　✝　✝

法律是在十八年前修訂的，當時引發了全球所有人權團體的撻伐，不過修法還是通過了，並且開始實行至今。跟其他的法律一樣，修訂過後的法條相當瑣碎而且冗長，不過大致上的意思如此：

只要殺了人，一旦證據確鑿，法官定罪後，就是死刑。

不管是蓄意殺人或過失致死，都一樣是死刑。

而且必須在定罪三日後，馬上執行。

一開始廢死聯盟等人權團體激烈地抗議，他們認爲這樣一來，就會有人像之前的捷運殺人犯那樣，想死卻不敢死，就故意去殺人而被判死刑，這條法律只會增加犯罪者的數量而已。

不過經過統計，因爲想吃牢飯而犯下殺人惡行的人，原比故意殺人求死的人數多，不需要再給這些想逃避現實社會的人渣有喘息的機會，應該將他們統統送入地獄。比起這些人，那些真正想獲得死刑而殺人的傢伙，只是機率不到十萬分之一的罕見未爆彈。

後來，某個電視台決定跟政府合作，開設一個直播節目。在注射毒液行刑前，讓死囚面對鏡頭，並有五分鐘的自白機會，他能在全國民眾的面前懺悔，痛哭落淚，讓其他民眾都知道犯罪是不好的行爲。因爲行刑場面並不恐怖，反而相當祥和，所以這個提議被政府接受了。

每當到了死刑執行的時段，家家戶戶都打開電視等待著，當然，電視台也靠廣告大賺了一筆，死刑已經成爲民眾廉價的娛樂，打開電視就可以看到。

不過還有另外一個問題，既然要執行死刑，就需要劊子手。大家想看犯人被處死，卻不想自己動手，兩千三百萬人，每個人的心裡都是這麼想的，不管大家再怎麼不願意，還是要有一個人去執刑，承擔這個罪孽，工作內容只需按下一顆按鈕，但是必須面對未來無數夜晚的惡夢。

我從許多人選中脫穎而出，上級說我表現得最冷靜，是最不會情緒激動的一位，而劊子手就是需要這種人。

的確，當我每次按下按鈕時，心中眞的毫無感覺。彷彿只是在玩一個遊戲而已，按下按鈕，好，你死了，拜拜。只是如此。

在現今這個社會，唯一能夠合法殺人的，只剩下警察的正當防衛，以及我這個劊子手。

† † †

「阿泰，今天辛苦啦。」組長在行刑過後，走過來拍拍我的肩膀。

每次工作一結束，他都會這麼做，過來找我聊天或是請我喝飲料，是擔心我沉淪在殺了人的恐怖深淵裡，或是擔心我因爲太憂鬱而做出傻事。

但我很想告訴他，我完全沒有這些問題。如果照實說的話，我會被當成冷血的殺人凶手吧，殺了這麼多人我還能夠面不改色，這完全不正常。

「不會，大家不想做的事情，還是需要有人做，只是這樣而已。」我裝出憂鬱的樣子，悶悶地說。

「好啦，我們都很感激你，待會下班要不要跟大家一起去吃飯？」組長問。

「不用了，我老婆說有煮飯，她在等我回去。」我回答。

老婆不知道我眞正工作的內容，她仍以爲我是普通的警察，殊不知電視上那個戴著口罩的劊子手就是我。在直播中我的聲音也會經過特殊處理，她根本認不出來。

組長嘆了一聲：「唉，有老婆眞好，也好，那你快回去吧。」

組長大概希望家庭生活能將我的人性保留住吧，但我覺得自己已經沒有那種東西了。

我突然想起，問了一個問題：「對了，組長，今天那個死囚，我知道他是殺死了自己的父親，不過詳情你清楚嗎？」

「咦？你怎麼會這麼問？」組長大感訝異，因爲之前的我，從來不會關心死囚的犯行。

「因爲他說的最後一句話讓我很在意，這應該是自白最短的死囚吧。」我說。

他只說了「我不後悔」這四個字，而之前的死囚，在死前有的會大哭一場，或是請家人跟朋友好好活下去，不要重蹈他的覆轍，也有人向我哀求說他錯了，請不要按下按鈕，當然我全都不予理會。

組長直挺挺地站著，仰起頭部，好像是在回憶報紙上的內容。

「他父親好像對母親跟妹妹有暴力行爲，就是所謂的家暴啦，不過到底怎樣不是很清楚，因爲報紙上只提到他殺了人。」

原來如此，只要有殺人這兩個字，群眾就開心了，因爲這代表又有直播可以看了，至於殺人背後的故事，他們根本不在意。

我回憶著少年說出那四個字時的表情，那是眞正無悔的表情。

回到家後，只看到滿桌的飯菜，卻沒見到老婆。在餐桌上看到了一張紙條，老婆說忘記買下酒菜，所以再出門去了。

每天飯後跟老婆一邊看電視，一邊喝啤酒配下酒菜，是我劊子手生活中最貼近常人的一面，我是這麼認爲的。

在我冷冰冰無人性的工作中，只有老婆能給我一絲絲的溫暖，她讓我知道我還有家可以回去，而不是只有地獄一途。

我決定先不動飯菜，等老婆回來後再一起吃，不過十分鐘後，回來的不是老婆，而是接到一通緊急電話。

✝ ✝ ✝

犯人的供詞是這樣的：因爲在電視上看到直播，覺得這種死法很舒服，一點也不會感到疼痛，所以想試試看，反正自己好早以前就想死了。在灌了好幾瓶酒壯膽後，他開車上了街頭，決定撞死第一個看到的行人。

而那個人就是老婆。十萬分之一機率的未爆彈，就這樣被老婆碰上了。

因爲證據充足，犯人也承認犯行，法官馬上判決死刑，三天後馬上執行。

當組長安慰著聽完判決的我時，我哭了，這是長大之後，第一次哭出來。

老婆的死可以說是剝離了我生活在世上的唯一信念，我之所以會去參加劊子手的徵選，也是爲了那豐厚罪惡的酬勞，希望能讓她過好日子，未來我們還可以生孩子……

在犯人被帶離法庭前，他還嘻皮笑臉地對著我吐舌頭：「哈哈！是你老婆嗎？眞是抱歉！反正我都要死了，就原諒我吧！」

原諒你嗎？是的，當然……

在行刑當天，組長怕我的情緒太過激動，問我要不要換人來執刑，我果斷地拒絕了。我已經這樣做了十五年，沒有理由在今天停止。

跟往常一樣，我穿上白衣，戴上口罩跟帽子，走入行刑室，和完成把犯人綁在機器上的特警們擦肩而過，在他們都離開後，把門反鎖。

「喂，應該會很舒服吧，老兄。」犯人斜著頭問我，依舊嘻皮笑臉的樣子：「啊，太好了，可以安穩地死掉了，快點吧。」

我指了指攝影機，他會意過來：「對喔，現在還有直播喔，太好了，我紅啦！終於紅啦！」

他對著鏡頭伸長脖子，朝鏡頭吐口水。

攝影機的紅燈亮了，我也把口罩跟帽子摘了下來，他看到了我的臉，同時間電視機前的千萬觀眾都看到了。

「喂，你不是那個嗎？那個倒楣鬼的老公……」這是第一次，犯人的臉上有了驚慌失措的感覺。

我拿出早已準備好的小刀。

「我不會讓你死得那麼舒服的。」

我可以聽到組長他們的腳步聲，也可以預想他們的行動，他們接著會試圖進入行刑室，但那都沒用的，我把備用鑰匙也帶進來了。

離他們撞進來之前，還有一段時間，我要在全國觀眾面前將他切成碎片，一刀刀讓他們看見殺人背後的殘忍眞相。

在直播的鏡頭前，我將刀子切入犯人極力閉起來的眼皮中，電視台來不及切斷直播，這幅畫面成爲了全國觀眾的惡夢。

我的命運我也早就知道了，早在我決定要動手的時候就知道了，這是相當簡單的道理：

用機器實施毒液行刑，合法。

擅自用刀子將犯人分屍，非法，屬蓄意殺人。

判定死刑，三天後馬上執行。

✝ ✝ ✝

「開始了，你最多有五分鐘的時間。」我不認識的劊子手站在我身邊，他將手指抵在按鈕上。

是沒聽過的聲音，可能是我不認識的警察吧？我能看出他在發抖，畢竟是隔了十五年之後，才換了一個人來按下按鈕的。

我想了一下，決定說出那四個字：

我不後悔。

沒錯，就算時間可以倒轉，不管倒轉十次、一百次，一千次，結果都是一樣的，我都會殺了他，我完全不後悔在直播鏡頭前宰了他。

不，或許多少還是會後悔的，我可能讓他死得太痛快了……

死刑不該如此廉價，不該是按個按鈕、或扣個扳機就結束了，真正的人渣，該讓他們在鏡頭前嘗到眞正的痛苦。

我面對鏡頭如此說著，聽到這些話的人們，依舊會把死刑當成廉價的處罰吧。

五分鐘到了，劊子手按下了按鈕。

算命

事情發生在我念高中時，當時學校外面有一家賣紅豆餅的小攤子。每天固定在下午一點擺攤，六點收攤，許多學生在五點放學後，常常會聚集到攤子旁，排隊買紅豆餅。

這攤子的生意之所以會那麼好的原因，並不是因爲他的餅好吃，而是老闆本人的特殊技能。紅豆餅老闆是個約莫四十歲的男子，一臉老實相，眼睛像彌勒佛一樣常常瞇著，看上去很親切，而他的特殊技能就是算命。

我經常懷疑，老闆在收攤後是不是就改擺算命攤，穿梭在各大夜市裡？因爲他眞的是鐵口直斷。

他曾經跟一個學生說：「你要小心燈光。」結果那名學生在家裡被正在高速旋轉中的檯燈打傷頭部，爲什麼檯燈會高速旋轉？因爲那座檯燈是可以三百六十度旋轉的，而他的弟弟手賤，沒事在那邊轉檯燈，然後打到那位同學的頭。

他還跟我們班上的某位同學說：「你要離雞排遠一點。」這句話乍聽之下很可笑，但偏偏老闆每次說的都很準，於是這位同學就把雞排視爲毒品，死都不碰了。但有天他不知哪根筋不對，突然想吃雞排，卻又不敢去買，於是叫我幫他去買，我就乖乖地去幫他買了，結果他在吃雞排時被骨頭噎到，差點嗝屁，最後還是我救了他。

從前面的例子可知，老闆說的話眞是他媽的準，因此大部分去紅豆餅攤的人都不是去買餅，而是求老闆幫他算命。老闆也是來者不拒，但每次語意多少都會有所保留。

當然我也去找過他算命，問我可以考上好的大學嗎？

他算命不用看手相，不算名字筆劃，只看看我的臉，笑了笑說：「只要你努力就行。」

媽的，這不是廢話？不過說得倒也沒錯。

有一天，我跟朋友捷豪一起經過了紅豆餅攤。時間是下午五點多，攤子旁邊還是圍著許多學生，我看人多就打算直接回家，捷豪這傢伙卻說他肚子餓，硬是要買紅豆餅。順便一提，捷豪就是那位差點因爲雞排而歸天的朋友。

坳不過他，只得乖乖地陪他一起等，心想順便問老闆一些問題。等了十幾分鐘才排到，老闆問我們：「要什麼？」

「兩個紅豆，兩個奶油，兩個蔬菜。」捷豪滔滔不絕地說了出來。

「那你呢？」老闆手邊一邊忙，一邊問我。

「兩個紅豆，」我回答，接著又說：「老闆，我大概什麼時候才交得到女朋友？」

「等你遇到一個貴人的時候。」老闆邊把紅豆的餡料放到餅裡邊回答。

「老闆，他什麼時候才能脫離處男的身分？」捷豪指著我笑問，我白了他一眼。

老闆也笑了一聲，說：「等他交到女朋友之後。」

「狗屎，還要那麼久啊？」捷豪用虧人的語氣說道。

我有點不爽，於是隨口反擊：「老闆，那這傢伙什麼時候會死？」

這話才說出口，就知道自己說錯了，我急忙用右手遮住嘴巴，但那句話還是傳了出去，更慘的是老闆回答了，他只說了兩個字。

「今晚……」老闆吐出這兩個字，臉色突然一沉，低下頭專心做他的紅豆餅。

但我們都聽得清清楚楚，今晚。

「老闆，你說什麼？」捷豪著急地拉住老闆的圍裙，「你說我今晚會死，是不是？」

「沒有。」老闆冷靜地把開始紅豆餅裝進紙袋裡。

「你剛剛說我今晚會死，是不是？」捷豪緊張地追問。

「我沒這麼說！」老闆大吼，周圍的學生都嚇到了，包括捷豪和我，這是我們第一次看到老闆說話用吼的。

「你的，拿去。」老闆把捷豪的六個餅遞給他，轉過身繼續做他的事情，捷豪沒接好，啪的一聲六個紅豆餅撒在地上，接著他拔腿就跑。

「捷豪！你去哪!?」我拚了命追在他後面喊著，也不管我那兩個紅豆餅了，心中後悔爲什麼問了那個問題。當我抓住他的手臂時，他用力想甩開，但我緊抓著不放。

「放開我！」他大叫：「我今晚會死，你沒聽到嗎？」

「冷靜點！」我盡可能抓住捷豪不斷抓狂的手臂，「老闆有時候說的也不準！你冷靜點！」

聽到我這一句話，他整個人像吃了安眠藥似的，無力地癱了下去。

我急忙把他扶到附近的一張板凳上，安慰他道：「你還記得上次的雞排嗎？你不是逃過了嗎？這次你也可以逃過的，別擔心……」

「我今晚會死……」捷豪嘴巴裡念念有詞，完全不鳥我。

我看這樣下去不是辦法，於是把他留在我看得到的地方，找了個公共電話，一邊打電話給他的父母，一邊觀察他的狀況。

捷豪一向很相信老闆的預言，現在得知他今晚將死亡的消息，大概已經瀕臨精神崩潰了。

當捷豪的父母抵達時，我實在不知道該如何向他們解釋，只請他們好好照顧捷豪，帶他回家。

但悲劇在我回家後開始。

我剛回到家，捷豪的爸爸便打電話給我，他著急地說：「捷豪跑出去了，他什麼也沒說，就這樣跑出了門，也不知道去哪裡，怎麼辦？」

我安撫他說：「我馬上出去找他，你們先別急。」接著披上外套、騎上腳踏車，出門去找捷豪。

我心中還在咒罵自己，到底爲什麼要問那個問題？

結果可想而知，跑遍大街小巷一無所獲，等我回到家，就聽到一個最不希望聽到的壞消息：捷豪死了。

他的父母親打電話告訴我，捷豪跑出去搭上計程車結果出了車禍，司機沒事，他整個人飛出車窗，一頭撞上電線桿，當場死亡。

這件事成爲我高中生活最悲傷的記憶，而那天之後，再也沒有看到那個老闆在學校門口擺攤了。

✝　✝　✝

直到上了大學，有次在一個夜市裡突然看見他的紅豆餅攤，只是顧客沒有那麼多了。我上前跟他打招呼，老闆竟然還記得我，他說：「你同學死了，是嗎？」

「是啊……」事隔多年，我實在不願再多想那段痛苦的回憶。

「命運這種東西還是不要試圖知道的好，對吧？」老闆說。

我一時還沒反應過來，含糊地「嗯」了一聲。

「如果當時你沒問，我也沒說出那兩個字，他就不會死了，對吧？」老闆說。

我愣了一下，也許正是如此。

「要什麼?」老闆突然問道。

我想了一下,說:「兩個紅豆,兩個奶油,兩個蔬菜。」

老闆笑了笑,低下頭繼續做他的紅豆餅。

致殺人魔

殺人魔先生，我不知道這樣稱呼你正不正確，你有可能是位女性也說不定，但我還是決定先用「先生」來稱呼你。

當你看到這封信時，也許會嚇到吧，竟然有人透過這種方式來把信交到你手中。

沒記錯的話，你犯下的第一起案子是幾個月前的一月十九日，而累積到現在，已有十七起之多，每位受害者皆受到嚴重的刀傷致死，而且他們的無名指都被割下帶走，因此媒體還替你取了一個庸俗的綽號叫「無名指殺人魔」，沒有錯吧？

我會在信裡寫這些，只是想讓你知道我有做過功課，雖然警方還不知道你帶走死者無名指的原因是什麼，但許多專家都猜你是一個結不了婚，忌妒別人能戴上結婚戒指的瘋子。

我不清楚眞實的你是怎樣的人，對我來說其實也不重要……之所以會寫這封給你，主要是想拜託你幫我做一件事。

幫我殺個人，好嗎？

想請你殺的人是我的男友，原因我會簡單地在這封信中跟你述說，相信你看完後會答應我的。

我跟男友分手了，我不知道他爲什麼要分手，原本我們相處得很融洽，一點問題也沒有……但他卻突然用簡訊通知我分手，然後音訊全無。

之後，他再也不接我的電話，有時我用公共電話或別人的手機打給他，他一聽是我的聲音就會馬上掛掉……很明顯地在躲我，我想知道分手的理由，但他總是避不見面。

是我不夠好，還是有什麼特殊原因，只要他跟我說一下，我就明瞭了，但爲什麼要這樣躲我呢？

後來在路上無意間遇到一個常跟我男友混在一起的死黨，我馬上過去拉住他，問他知不知道爲什麼男友要跟我分手。

他支支吾吾，後來總算跟我說了。原來，根本就不需要什麼理由啊。

因爲那個傢伙幫自己設定了一個目標，二十歲之前要交二十個女友，而我是他的第七個。所以他每次都會很突然地跟每屆的女友分手，然後躲起來，完全不告知對方理由，因爲我們只是他目標的其中之一而已。

我之前就聽說過有這樣的男生，幾歲前要交過幾個女朋友，跟多少女生做愛……但我沒想到自己竟然會親身遇到這樣的人。

你可能會覺得我這樣的行爲很笨吧，但我是認眞的，一想到還有其他女孩子會跟我一樣，一心認眞地投入自己的感情，卻只是男生達成的目標之一時，我就吞不下這口氣。

我想殺了他。

但我沒有錢可以去請殺手，也不知道憑自己的力量可不可以殺死他，所以我想到了殺人魔先生你。

看到這裡，你應該也覺得這樣的男生很可惡吧？不知道可不可以請你再多殺他一個人呢？

爲了找你，我刻意在深夜的危險時段，戴著一只漂亮的戒指在街頭上四處逗留，爲的就是吸引你的注意，讓你把我視爲獵物，如此一來，我就可以把這封信交到你手中了。

很奇怪吧，其他人都在躲你，而我卻期望遇到你。

但我很害怕，如果我眞的遇到你，在我把這封信交給你前，你會不會先以迅雷不及掩耳的速度把我拖到路旁殺了呢？

不管你會不會殺我，至少，我希望能在臨死之前能把這封信塞到你手上。

✝ ✝ ✝

我打開門，看到偉宏癱坐在沙發上，對著電視按著遙控器，不停地轉台。我想他沒有看電視的心情，只是藉著按遙控器，讓自己有事做。

我噗通地半躺在沙發上問：「其他人呢？」

偉宏用懶洋洋的聲音答道：「都出去了，都有約會。」

「喔，」我悄悄地看了一下偉宏的臉，他的雙眼正注視著電視螢幕上不停閃爍跳動的畫面，看不出來他在想些什麼。我小聲地說道：「她死了。」

「我知道，我有看到新聞。」偉宏的語氣沒有絲毫的改變，仍是懶洋洋的樣子。

「會不會是因爲她跟你分手後，心情不好，所以半夜跑出去散步透透氣，才……」

「干我屁事，都已經分手了。」他直接打斷我的話，並「啪」一下把電視關掉。「我警告你，不要再提她的事了，都過去了。」

「喂，這件事有某些部分該算在你頭上！」我說：「如果你沒有跟她分手，那麼她現在可能還跟我們坐在一起看電視，而不是在半夜跑出去，一不小心變成那個殺人魔的獵物！」

偉宏可能沒想到我會說出這種話，他轉過頭來，雙眼狠狠地瞪著我。

我有點被他的眼神嚇到了，於是放輕了語調說：「不然……至少你也給她一個分手的理由，讓她安心點，不然每個跟你分手後的女生都不知道理由，每個在分手後都瘋狂找你，你卻只能一直躲她們。」

「你這個沒交過女朋友的人，最好給我閉嘴。」偉宏站起身來，我看到他的雙拳正緊緊地握著，似乎已經聽不下我說的話了。「這能怪我嗎？如果她們眞要一段眞心的感情，爲什麼每次我跟她們要求交往就馬上答應了？甚至連我這個人都懶得去了解，一看到我的外表，馬上答應我交往，然後分手後就一直靠北說給個理由……沒什麼理由，我當初是主動跟她們交往，也可以主動把她們甩掉。」

「因爲她們只是你目標的其中之一？」我搖搖頭嘆息：「眞搞不懂你，二十歲前要交二十個女友，這種無聊的目標……」

「像你這種要長相沒長相、要錢沒錢的宅男，當然不會懂。」偉宏開始直接羞辱我了，我聽得出來他已經不把我當朋友看了。

我知道這種人的心理特點，他看著自己的宅男朋友半個女友也沒交過，而自己卻憑著型男外表把女生玩弄於股掌上，藉此產生優越感，認爲身邊的朋友跟女生都是笨蛋。

「算了……你說得對，可能我眞的不會懂吧。」我搖搖頭說。

偉宏用一種「你這個笨蛋終於明白了」的高傲眼神看著我，並說：「我跟你說，這件事就過去了，大家以後還是好好相處，我以後可以介紹幾個長相一般的女生給你認識……」

呃，等一下，他的最後一句話是什麼意思？

算了，那不重要了……

他以爲一切仍在他的掌控中，但他錯了，這次出現了一個變數。

那就是「她」。

「對了，偉宏，」我拍了拍口袋，然後伸手進去口袋裡拿出了一個東西，「這東西……我不知道該不該先讓你看過。」

「什麼東西？」

「其實也沒什麼啦。」我把那張紙攤開來放到桌上。

「只是某個人在臨死前塞到我手上的信而已。」

然後，我用充滿殺意的眼神，瞪視著偉宏。

你是誰？

如果你願意花夠多的時間及心思去瀏覽YouTube的影片，將會發現網路上面怪異且意味不明的影片不在少數。有些影片甚至讓人打從心底感到毛骨悚然，並懷疑這些影片的主人究竟是爲了什麼去拍攝，又爲什麼要上傳到網路上呢？

以最近的例子來說，如果你在YouTube上搜尋「Benjamin Bennett」的頻道，會發現許多相當詭異的影片。

雖然就影片內容來說並不可怕，不過正是因爲那些影片的相同性以及奇特的氣氛，會讓觀看者沉浸在一種詭譎的環境裡。

這位名叫Benjamin的男子，從二〇一四年至今，不斷上傳自己盤腿坐在地上並對著鏡頭微笑的影片，而且影片長度都維持在四小時左右，代表他每次拍攝這個影片，都是維持相同的動作跟微笑四個小時。到目前爲止，他總共上傳了超過兩百部這樣的影片，而且仍以一個禮拜新增數部的速度不斷地增加中。

雖然許多觀看者相當佩服他的耐心跟毅力，不過這位Benjamin先生從未出面解釋過自己爲何要這麼做的動機，以及他又爲何要把影片傳上來，是單純的行爲藝術或是另有原因呢？這點只有他本人才知道。

像這樣拍攝動機跟意味不明的影片，在YouTube上面數以萬計，根本統計不完。但必須要承認，有許多這種拍攝意味不明的影片，常常都隱藏了恐怖的故事，在台灣也有許多類似的影片，例如我正在觀看的這系列影片，正是如此。

這系列的影片是我一位在北部上班的讀者妃妃，拜託我幫忙看的。

妃妃說，她有一天在YouTube上面亂逛的時候，發現了這個頻道，原本只是好奇地進去亂點一通，不過隨著那些影片逐一被點開，心裡就越覺得害怕，因此找上了我幫忙，並把頻道的連結傳給我。

我點開連結後，腦中所跑出的第一個想法就是，頻道中的這些影片百分之百絕對是台灣人所拍攝的。原因很簡單，因爲頻道中全部都是行車紀錄器的影片，從預覽畫面中就可以看到許多台灣的街景。

現在YouTube上行車紀錄器的影片相當氾濫，大部分是記錄了路上許多有趣的畫面或是事故，也有駕駛人是單純想記錄自己每天走的路線，而把影片上傳到自己的頻道，因此滿滿都是行車紀錄器下載影片的頻道並不罕見，我不知道妃妃為何要如此害怕。

我從線上回了妃妃的訊息：「我點開了，看起來沒什麼啊。」

「你先看完幾部後再說啦。」她回覆道。

於是我動手點開了影片，發覺那都是同一段路線開車的影片，總共有三十多部。

影片中，駕駛在車上沒有開音樂，也沒有說話，幾乎都只有車輛的行駛聲，而右下角所顯示的拍攝時間都在深夜兩至三點左右，出現在影片中的其他車輛跟行人十分稀少，而上傳的時間皆在錄製後的當天早上。這三十多部影片的結尾，駕駛都會把車停到同一棟公寓前面，坐在車上停留約半小時以後，影片便結束了。

每部影片的內容大致都相同，長度都在一個多小時左右，以時間來排序的話，駕駛大概每兩天會上傳一次，最新的一部則是在昨天上傳的。

「我看完了，內容都一樣。」我傳訊息給妃妃。

「有什麼感想嗎？」

「還好啊，雖然駕駛在車上都沒講話，都靜悄悄的是有點奇怪，不過要到讓人害怕的地步，也還不至於吧。」

「你看的時候有把聲音調到最大嗎？」

「嗯？沒有耶。」

「你開到最大聲，再看一次試試看。」

「唉，好吧……」

我照著做了，把音量開到最大再看一次，這次有了新的收穫，因爲可以稍微聽見駕駛的呼吸聲。

從呼吸的節奏跟沉重的吐氣聽來，駕駛應該是位男性，播到最後，讓我稍微感覺到可怕的徵兆出現了。

駕駛在公寓前面停車逗留時，他的呼吸開始變得非常急促，並開始自言自語，那是十分低沉的男性低喃聲：「我要抓到妳……我要抓到妳……」這樣的低喃持續了半小時後，影片結束。

本來以爲只是某個人深夜下班回家的行車紀錄片，但看來事情並不是這麼簡單。

我冷靜地回覆妃妃：「我聽到了。」

「嗯，很可怕吧？」

「是蠻奇怪的，感覺駕駛不是正常人。」

「我很害怕，不知道現在應該要怎麼辦才好……」

「妳會不會反應過度啦？這畢竟只是影片而已啊。」

「……他最後停車的公寓，就是我住的地方。」

妃妃的回覆，真的讓我開始感到緊張了。

她跟我一樣是台中人，獨自在北部租屋工作，她的外貌跟條件都不錯，是那種男孩看到後，忍不住想認識並追求的女孩子。

我問：「該不會妳認識這位駕駛吧？」

「不知道……我沒聽過他的聲音，而且我跟之前的男友都是和平分手的，應該不是衝著我來的。」妃妃說：「這棟公寓裡面也有住很多像我這樣的單身粉領族，這個男的也有可能是來找其他人的。」

「不管怎樣，拍這些影片的是個瘋子，妳住在那邊要小心一點，他今天晚上可能還會過去。」

「我知道，可是我真的很擔心會不會出事。」

「不然這樣吧，明天我再問我當警察的朋友，看看可不可以靠這些影片查到這個男人是誰，先對他進行調查好了。」

「只靠這些影片，可以這樣做嗎？」

「不知道，就先試試看。」

「那就拜託你囉，謝謝你的幫忙。」

對話告一段落後，心裡其實很不踏實，因爲我很清楚，這些影片其實不能代表什麼。

也許這位駕駛眞的想侵害那棟公寓中的某個人，但如果警察調查，他也能辯稱成只是無聊的自言自語，在犯行發生前，根本無法成爲什麼證據。

就像周星馳電影裡的片段，斷手流大師兄跟裁判的對話一樣：

「你看！他手裡拿一把刀呀！」

「那又怎樣？又還沒捅到你。」

「我怕他會跑上來捅我啊！」

「那等捅到再說啊，到時自然有法律會制裁他。」

目前的狀況，差不多就是這種情況。或許，該建議妃妃搬走，雖然這件事可能跟她沒有關係，不過還是要避免一下被牽扯進去吧……

我對這件事情念念不忘，隔天早上睜開眼睛後的第一件事，就是先點開手機，看那位駕駛是不是上傳了新的影片。

果然，那位駕駛昨天深夜也跑去妃妃住的那棟公寓前逗留，並上傳了新的影片。

「這傢伙真的很閒啊……」我點開影片，並把聲音開到最大。

這次的影片不一樣。

駕駛把車停在公寓前時，我聽到了一個之前沒有出現過的聲音，那是下車的開門聲。

這傢伙下車了？

我一顆心都懸了起來，整個人全神貫注地觀看影片裡的動態。約二十分鐘後，駕駛回到了車上，一樣沉重急促的呼吸，一樣喃喃低聲的自言自語，只是內容變了。

「抓到了……抓到了……呵呵……抓到了……」

這傢伙終於在昨天深夜下手了嗎！妃妃住的公寓出事了嗎？

我馬上傳LINE訊息給妃妃：「我剛剛看到那瘋子最新的影片，公寓裡還好嗎？」

「還好。」妃妃馬上回覆。

「真的沒事嗎？」

延。

「沒事啊。」

「那就好，妳今天出門上班要小心一點喔。」

「還早，還在睡，還沒醒來。」妃妃給了看似平常的回覆。

但這九個字卻讓我全身瞬間血液逆流，一股惡寒從骨髓中滲出，無限蔓

我顫抖著我的手指，打下訊息。

「你是誰？」

今晚我殺了個女孩

「你是說……他們決定採用她的稿子，而不用我的嗎？」

「嗯，沒錯。」冷哥的聲音聽起來也冷冰冰的，讓我徹底心寒：「編輯們比對過你們的稿子，不管是劇情內容或人物設定，都一至認同由她出線。」

「她？呵呵呵。」我右手握緊了手機，左手一邊操縱著方向盤。一邊講手機一邊開車本來就有點危險，加上現在的我情緒激動，車身甚至開始不穩定地晃動。「拜託！我的資歷幾年，她幾年？憑什麼選她而不是我？我的讀者群絕對比她要多出好幾倍耶！」

「夠了，阿攤，你我都知道這種事情的眞相是什麼。」冷哥用理所當然的語氣說著：「她把自己的照片傳給了他們……結果如何可想而知，那些人的心全被那個小女孩給俘虜了，認爲如果好好培養那個女孩，一定可以吸引許多男性讀者。」

「就因爲這樣？」

「嗯，就是這樣。」冷哥那邊呼出一口氣，似乎在抽菸，「聽著，我也很抱歉，但現在已經決定了，就是這樣……」

「……」我覺得這通電話沒有再談下去的必要，生硬地回了一句「我了解了」後，掛斷了電話。

雙手握緊方向盤，我加足馬力在馬路上狂飆。

憑什麼？憑什麼？就因爲她是個正妹？所以得到了這機會？

我敢打賭，那些編輯一看到她所傳的照片後，便流著口水決定要把她培養成偶像正妹作家，順便將魔爪伸到她手上，而她心裡也一定打著這樣的計畫，用美人計來把我這個前輩打趴，媽的！

踩在油門上的腳逐漸用力，我開始用速度來宣洩我心中的情緒。

在加速的那一瞬間，甚至有了一個誇張的念頭：「如果這時候車前有東西出現，不管是什麼，我一定要撞爛它！」

爲什麼會有這種想法？我知道這是因爲速度感並不足以宣洩我的憤怒，還必須破壞些什麼才行……就像有人偏好賽車遊戲，有人偏好用射擊遊戲來發洩一樣，但我現在必須兩者皆俱才可以發洩。

或許，命運眞愛作弄人。

當車子的引擎運轉達到最大效能，整輛車的速度已經到達極限時，馬路上，車子的前方，還眞的出現了那麼一樣東西。

許多人在看到路面上突然出現物體時，都會本能地猛轉方向盤，試圖躲開，但我沒有這麼做。或許本來就抱著「一定要撞爛些什麼」的心態，當看到那物體出現時，完全不想閃躲，甚至還在踩油門的腳上又使上了一點力。

當在撞上那物體的前一秒，透過車燈，我看到了那個物體，那是一個騎著腳踏車、穿著高中運動服的女孩子。但這沒有促使我轉向，既然已經閃不掉了，那就撞個痛快。

碰！

車前的高中女生隨著撞擊聲不見蹤影，我能感覺到引擎蓋上似乎凹了個洞，那輛腳踏車在車底下被重重輾過。

撞擊過後，我將車子慢慢地減速，緩緩停到路邊，然後下車。

不可思議的是，我的心情很平靜，就好像剛剛不過在路邊輾過一顆小石頭那樣。

那個高中女生就躺在離我大概三十公尺的地方，走過去看了一下她的狀況，一灘血正從她的頭部慢慢擴散，頭部有嚴重的撕裂傷吧？她的四肢成詭異的姿態攤在路面，手腳很明顯地有骨折的情形。

她的眼睛睜著，彷彿死不瞑目般地瞪著我，我伸手將她的眼皮壓下來，並抬頭看了看周遭。

現在的時間點，加上這裡本來就是偏僻道路，所以四周沒有其他車輛和行人。既然如此，爲什麼這個高中女生會在這時候騎著腳踏車出現呢？

我瞄了一下她身上掛著的書包，書包因爲衝撞而打開了，裡面沒有任何課本，倒有很多其他的東西，化妝盒、PSP掌上遊樂器、流行雜誌，我再看了看她的臉，如果她的臉上沒血跡的話，應該是個漂亮的女孩，長長的睫毛、淡淡的眼影、塗著蜜唇膏、經燙染過的頭髮……可能是週五放學後跟朋友一起出去玩，逛街或唱卡拉OK之類的，玩到太晚因此自己一個人騎腳踏車回家的女孩吧，反正明天放假嘛，但她卻偏偏被我撞到了，眞可憐。

這種時候，我在想什麼？我什麼都沒有想，完全照著直覺行動，甚至沒有罪惡感，之前不知聽誰說過，恐怖小說家這種職業，寫到最後眞的會麻痺。

我抱起女孩的身體，拎著她的書包，朝車子走去。開門直接把她丟在車子的後座，也沒有墊什麼報紙之類的，就讓她的血在椅子上流。

沒關係，我不在意。然後我把她的腳踏車塞進了後行李廂，大小剛好。

重新發動引擎，這時候才發現，從剛剛到現在，我都沒有確認女孩是否還活著。

算了，我也不在意了……

我沒把車子開回家，而是停在一處更偏僻的路邊，接下來好好想想，之後該怎麼做。

報警吧，就說路況昏暗，不小心撞死了一個女學生……少來，我現在已經把人搬上車了，這是百分之百的肇事逃逸加毀屍滅跡，報警只有死路一條。

目前最保險的作法，是把屍體處理掉，然後祈禱不會被逮到。

出事的那一段路我常開，知道那裡沒有監視器，警方根本毫無頭緒，他們找不到我的。

回頭看了一下躺在後面的女孩，她動也不動，胸前一點起伏也沒有，應該是死了。這時，我心中終於有了那麼一點點的罪惡感。

對這名女孩來說，未免太不公平了。就因爲我想撞爛些什麼的自私心態，害她成了犧牲品。不過換個想法，反正台灣學生那麼多，死一兩個也不會怎樣，對吧？

但，對女孩來說還是很不公平啊！

不公平，不管對誰來說，都不公平。但事情都已經發生了，還能怎麼做呢？

至少……至少該讓她的家人朋友知道死訊，而不是讓他們有「她一定還活在世上某處」這種渺茫的希望。

好，就這麼決定了。

我開始操作女孩的手機，瀏覽她的通訊錄。

通訊錄中主要分爲幾個簡單易懂的群組：家裡的、學校的、最愛的、熱舞社的等等，我選擇了「家裡的媽媽」。

鈴聲響了三次，女孩的媽媽接起了電話，我直接把想要說的一口氣說完：

「妳好，我想跟妳說，妳女兒現在跟我在一起，她……」

「你細蝦狼？」女孩母親的聲音聽起來相當粗魯。

「不好意思，請妳聽我說，妳女兒現在跟我在一起……」

「在一起？你是誰？我女兒又換男朋友了是不是？」

「不是的，伯母請妳聽我說……」

「唉喔！我不想管你要說什麼啦！我不管你是她新男朋友還是誰啦！反正你跟她說吼，叫她天亮之前給我死回來！不然就給老娘走著瞧！我已經等她等到快起笑了啦！」

啪答，電話掛斷了，我握著女孩的手機，不知道該說什麼。

這是三小？剛剛沒撥錯電話吧？

她母親竟然完全不想聽我講話，而是一直叫她女兒「死回家」？

嗯，好吧……我改通知別人好了，反正都一樣，她家人遲早會知道……

男朋友的電話……嗯，應該是在「最愛的」那一個群組裡面吧，我開始搜尋。

最愛的宏治、最愛的文豪、最愛的盛彣、最愛的祥文……這一群最愛的至少有十幾個。

幹，現在是怎樣？

「請問一下，這一群最愛的裡面，到底哪個是妳男朋友？」我回頭問那女孩。

她沒有回答，死人當然不會回答。

好吧，那我隨便撥……

打給最愛的祥文好了，嗯嗯。

「喂？」對方接起。

「先生，不好意思，我現在……」

「幹你娘。」對方掛斷，我傻眼。

是被分手的前男友嗎？接起前女友的電話，卻聽到男生的聲音，所以直接掛斷嗎？

好吧，那我打給最愛的盛彣……

「喂，衝三小。」對方接起。

「嗨，不好意思，請問你認識這支號碼的主人嗎？」這次我決定用輕鬆一點的方法講話。

「三小呀？」

「喔，是這樣的，這支手機的主人，剛剛被我開車撞死了……」

「那干我屁事。」對方掛斷。

「……」我再度傻眼，這到底是什麼情況？

我繼續打給那群「最愛的」，結果他們的反應都差不多，我不知道到底哪個是她的男朋友，還是其實這些都是她的男朋友？大家只是玩玩而已所以不用太認眞，都說妳死了干我屁事？

喔，天啊，我頭好痛。

我又回頭看著那女孩，打從心底同情她。

「抱歉，我試著告訴妳家人或朋友，但他們都不信我說的……」我說。

女孩沉默。

等等，我是誰？我不是他媽的恐怖小說家嗎？我擁有廣大的讀者群，或許可以把這整件事寫出來，把這女孩的死訊傳出去，說不定在讀者中就有她的朋友或家人，而且這樣做，也可以消除我心中的罪惡感……大概吧，我也不知道。

但如果這樣做，警方也可能找到我；但不這樣做，或許對女孩來說就太不公平了。

所以現在，看著這個故事的各位讀者，我要跟你們說，我在今晚殺了個女孩。

不，準確來說是昨天晚上了，因爲現在已經過了十二點。她死亡的時間是二月二十五日，晚上十點二十四分。

由她身上穿的運動服跟書包來判斷，她是台中市○華高中的學生，學生證上她的名字是黃○希，目前念高二，生日在下個月，三月十七日。

如果你認識這個女生，那麼不用懷疑，她已經死了，屍體還在我的車上。

並希望你可以把這篇文章，這個女孩的死訊轉達給她的其他朋友跟她的家人，讓她們知道她死了。

然後現在，我要去處理屍體跟車子了，以免警方靠這篇文找到我時會留下任何證據。到時我會跟警方說，這不過只是一篇小說罷了，何必當眞，是吧？

特別收錄
互動小說

你敢不敢一起玩？

你的結局

深夜的便利商店裡，穿著制服的你，正用懶散的態度補著貨。

這家店所開設的地點也算是特殊，一般在市區的便利商店，就算時間再晚，也還是會有不少客人上門。不過這一家店不同，每到了深夜，上門來光顧的客人卻是幾隻手指就可以數完了。

究竟是地點特殊的關係，還是因爲其他原因才會這樣呢？你也不知道。

也因爲幾乎沒有客人的關係，等該做的工作都完成之後，你總是特別無聊，除了玩手機之外，也沒有其他事可以做了。

不過就在今天晚上，來了一位特別的客人。

當你把貨都補完，自己結帳買一瓶飲料，準備到櫃檯後面邊喝邊用手機看電影的時候，自動門外出現一個倉促的人影。

你還沒來得及看清楚，那個人影已經差點撞到自動門，自動門打開的速度甚至跟不上她衝進來的速度，可見跑進來的速度有多快。

你定神一看，發現那是一位全身上下看起來極爲狼狽的女子，她赤著腳，穿著一套可以說是睡衣的鬆垮服裝，披頭散髮，衣服上面沾有明顯的血跡，而且布料支離破碎，幾乎遮蔽不了胸部跟腿部等重要部位，眼睛則像是剛哭過一樣，紅通通的。

女子一進來眼神就跟你對上，她用沙啞且羸弱的聲音對著你說：「可以……先讓我躲一下嗎？」

是遇上了什麼困難嗎？

你還來不及思考，身體已經先做出了反應，將她帶到可以躲藏的地方。

讓女子躲好後，你回到櫃檯，開始喝飲料，玩手機。不過此刻內心卻已湧起浪潮，心裡所想的都是那位女子。照規定當然不能讓身分不明的人躲在店裡，不過從女子的情況來看，她似乎是在逃避什麼，是施暴的男友？還是搶劫的暴徒？爲什麼女子不先報警，而要進來求救呢？

當你還在煩惱這些問題時，店外傳來一陣引擎聲，一輛拉風的改裝車停在外面，接著一個時髦的男子下車，衝進店裡兩手一拍櫃檯，衝著你就問：「喂！剛剛有沒有一個受傷的女孩子進來？或是你有看到她經過？」

「受傷的女孩子？」

「對對對，她的衣服上有血，衣服是粉紅色的，有看到嗎？」男子急忙點頭，並補充了幾點。

他所說的就是躲藏在店裡的那個女孩子，不會錯的。

你打量著眼前的這位男子，很明顯的，他絕非善類。廉價又味重的髮油、沾滿汙垢的襯衫跟牛仔褲，身上還飄散著吸毒的臭味，更不用說他臉上宛如流氓般的神情了，一看就知道不是好人。

「喂！到底有沒有看到啊！」男子又拍了一下櫃檯。

你嚇得差點把手機摔到地上：「呃……這個嘛……」

「聽著，那是我女朋友，她的精神狀況很不穩，很有可能會自殺！如果她出了什麼事，我絕對不會放過你，你知道嗎！」男子加重語氣，這次還多加了威脅的味道：「你有看到她經過嗎？還是她有進來？快點告訴我！」

從女子剛剛跑進來的樣子來看，她的精神狀況的確不是太穩定的樣子……可是，你能夠因此而相信這名男子嗎？這名男子也有可能說謊，他這麼說只是想要逼你交出那名女子而已。

那麼，你會怎麼做呢？

◎剛剛把女子藏在廁所裡，不過男子的態度實在是太凶狠，你因為害怕人頭落地，而決定跟他據實以告。↓【結局A】

◎剛剛把女子藏在倉庫裡，但你認為男子只想要傷害女子，所以決定騙他說自己並沒有看到那名女子。↓【結局B】

◎其實女子就藏在櫃檯下面，因為你認為最危險的地方就是最安全的地方，不過現在實在是太危險了，因此你決定先謊報女子逃離的方向來支開男子，再讓女子從櫃檯下面出來。↓【結局C】

【結局A】

「她……現在在廁所裡面。」經不住男子的氣勢，你決定說出事實。

「廁所嗎？」男子一聽完，馬上衝到廁所前，用力轉動門把，但是門鎖住了。他便用力以拳頭搥打著門板，吼道：「喂！我知道妳在裡面了！快點出來吧！先跟我回去！」

「不要！」裡面傳來女子的哭喊聲。

「快點跟我回去！我保證不會打妳了！」

「我不要！不要！不要！」女子淒厲地喊著。

男子轉過頭問你：「喂！你應該有廁所的鑰匙吧？」

「有是有啦……」

「那還不快把門打開？如果她在裡面出事了，我警告你！你也會完蛋！」

可是現在不管怎麼想，她如果出事的話，都還是你害的啊！你這麼想著。

但爲了自己的安全，只好去找出廁所的鑰匙。

當你回到廁所門口時，男子正將耳朵貼在門板上，臉色鐵青。「我剛剛聽到有東西碎掉的聲音，而且現在裡面沒有聲音了，你到底找到鑰匙了沒？」

「找到了！找到了！」你手忙腳亂地將鑰匙插入門把，打開門後，目睹到一幕讓你心碎的場景。

女子倒在馬桶旁邊，右手泡在馬桶內，滿是血痕，而洗手檯上的鏡子則碎了一半。看來她是徒手把鏡子打破後，用鏡片割腕了吧……不過只經過幾分鐘而已，應該還有救。

就在你要跑過去幫女子止血時，男子已經先一步衝到她身邊，然後做了一件無法置信的事。

他抓住女子的頭髮，然後將她的頭抬起來，再重重往馬桶邊緣撞下去。女子的額頭跟馬桶相撞，發出了扎實「叩」的聲響，但那也是女子的頭顱即將破裂的聲音。

「靠！沒想到妳還眞的給我自殺！老子都還沒殺妳，妳就先自殺！我靠！我說過多少次了，妳是我的女人，就算妳要死，也要我親手殺掉妳才値得！」男子如發瘋般，不斷地將女子的頭撞向馬桶。

原本扎實的「叩」聲，慢慢消散……那是女子的頭骨已經被撞碎的證明。

你嚇得魂飛魄散，慢慢地往後退去，心裡想著待會要先報警才行。但當你整個人退出廁所時，廁所的門卻突然用力地自動關了起來，碰一聲將那對男女鎖在裡面。

「喂，你幹嘛啊！」聽到男子在裡面吼叫的聲音：「爲什麼把我關起來了？喂！幹嘛鎖門啊？給我開門！」

但你根本沒有關門，也沒有鎖門，是一股無形的力量把門給關起來了。

很快地，男子的聲音也漸漸變小，雖然你不知道他在廁所裡看到了什麼，但是可以從他嘶吼的內容聽出，他在裡面似乎經歷了多麼可怕的事情。

「喂……喂……你快點開門啊，她……她現在站起來了……」

「不會吧，明明已經死了，怎麼會……啊，等一下，妳不要過來。」

「混蛋，只是個女人，妳想要幹嘛？哇啊！哇啊！」

「後退！可惡！開門！快點開門啊！呀啊啊啊啊！」男子用力拍打著門板，並死命地轉動喇叭鎖，但根本沒上鎖的門卻文風不動。

男子最後發出了超越你耳膜所能承受的慘叫聲，以及噗嚕嚕嚕嚕的呼氣聲，那大概是氣管被切斷的聲音吧。

當男子終於沒有氣息後，門終於緩緩敞開了。

你站在門口，思考了許久之後，決定先連絡警方，收拾廁所內的慘劇，這份工作還是留給警察就好了。

【結局B】

「我沒有看到任何人經過喔。」你對男子撒了謊。

「眞的嗎？」男子揚起眉毛。

「眞的。」你感覺到男子的殺氣，而緊張地吞下一口唾液，這點小動作沒能逃過男子的視線。

男子轉過身，面對著廁所道：「她沒有跑進來上廁所嗎？」

「沒有，我說過了，剛剛都沒有人進來。」

男子大步地往廁所邁進，你則跟在他後面。

還好，剛剛沒有把女子藏在廁所裡……可是，你仍舊十分擔心，如果男子找完廁所後，要去翻倉庫的話該怎麼辦？

廁所內空無一人，男子走到廁所中間，原地環視一圈，甚至還瞄了一下馬桶跟垃圾桶裡面後，轉頭問你：「看起來好像眞的沒人喔。」

「眞的沒有人來，我不是說過了嗎？」你膽顫心驚地回話。

「眞的是這樣嗎……喂，那你們的辦公室跟倉庫，不介意我看一下吧？」

聽到這句話，你整個人寒毛直豎：「不行，依規定那裡不開放給外人進去的……」

「她在裡面，對不對？」男子冷冷地盯著你。

「沒有，絕對沒有。」

「聽好，我剛剛有跟你說了，我女朋友的精神狀況很不穩，如果放她一個人的話，她眞的會做傻事，如果她出了事，你要負責嗎？」

「不，我哪能負責……」

「既然這樣，就讓我去看看！」男子二話不說，一把將你從門口推開，往倉庫的方向直搗黃龍去了。

不好，這樣下去會被他發現的！

當你試著要阻止他時，他已經推開倉庫的門，大步邁進去了。不過沒想到當你跟進時，女子並不在原本藏匿的地方。

男子像是連最細小的縫隙都要翻遍，將整個倉庫跟辦公室都找過一遍後，才喘著氣搖搖頭說：「眞的不在這裡嗎？可惡……」

「我已經說過她沒有進來了。」事實上就連你也搞不清楚女子到底跑去哪裡了。不過，有一種可能性突然出現在你的腦中。

會不會，搞不好，女子這樣做了呢……

男子一邊罵著髒話，一邊走出去，回到車上。

當你目送著他離開，眼睛也在不經意間瞄到，剛剛補貨用的美工刀，原本是隨手放在櫃檯旁的，而現在卻不見了。

所以……眞的是這樣嗎？

你站在店裡，看著男子坐回車裡，那女子的身影在後座哆嗦了一下。

果然啊。

女子趁著你跟男子在廁所裡爭論時，從倉庫跑出來，隨手拿了美工刀，跑回車上去了。男子想必是因爲急著找人，所以沒有關車門吧。

沒想到這一下還眞的被女子給賭對了。當男子開車時，女子可能會出其不意的，從後面刺殺男子吧。到時候，誰能夠活下來呢？

你看著男子的車尾燈慢慢消失在街道盡頭。

看來，要知道這個問題的答案，只能等明天的新聞了。

【結局C】

你決定先亂說一個方向來支開男子：「我剛剛好像有看到一個女的跑過去，好像喝醉酒一樣，不知道你是不是在說她？」

「眞的嗎？」男子睜大眼睛，很明顯地上鉤了。

「對，她身上的衣服好像是……粉紅色的睡衣，如果我沒看錯的話。」

「沒錯，就是她！她往哪邊跑了？」

你拉著男子到外面，指著街道的另一頭說：「那一邊，我只看到她往那邊跑，接下來我就沒看到了。」

「太好了，還好你有看到，我馬上在她做出傻事前追上去！」

「是啊，還好你有來問，本來我還想說要不要先報警呢，還好你先來了。」你拍拍胸口，表示放心：「你是她男朋友吧？那我也可以放心了。」

「當然，請你不要報警，我會去阻止她的！」男子跳上車子，發動引擎往你所指的方向呼嘯而去。

最危險的人物終於離開了……不對，不應該這麼說。

今天晚上最危險的人物，或許是選擇這個結局的你也說不定。

你回到櫃檯後面，將全身癱軟的女子從櫃檯後面拖出來。該在哪裡下手才好呢？只能拖去倉庫了。從到這裡工作以來，你就一直在忍耐著呢，終於等到這個機會了。

之前的深夜時分，雖然數量極爲稀少，但只要一遇到單身前來的女性顧客，你總會壓抑著自己的那股獸慾，將自己佯裝成普通的店員，而今天晚上，你所能容忍的終於到了界限，那女子渾身需要人疼愛，衣不蔽體的模樣，讓你一下從店員變成了野獸。

「可以……先讓我躲一下嗎？」聽到她那嬌柔的聲音後，你沒有半點猶豫，直接伸手掐住她的脖子，她究竟是窒息而死，還是頸骨被你壓碎而死，你根本不記得了，也不在意。

你知道在追逐她的人等一下就會來了，所以決定先將她的屍體藏在櫃檯下面，還好她已經死了，死人不會呼吸，也無法反抗，不然一定會被他發現的吧。

現在，對方已經如計畫被打發走了，該把她拖去倉庫，好好完成自己的慾望，然後必須在天亮前脫下制服，遠走高飛才行。

不知道下一個店員來交班時，沒看到你，卻在倉庫裡看到這具女屍，會是怎樣的表情呢？

發時間，兩個小時說就這樣過去了。

深夜兩點時，妳再打了電話給室友，她的聲音聽起來沒什麼精神，也許剛剛正在小睡，卻被妳給吵醒了吧。

「怎麼樣？他走了嗎？」

「我看一下……」聽到了室友開窗的聲音，接著她說：「不太確定耶，外面沒有看到人，但我總覺得他還躲在附近某個街角……」

「我看今天晚上就不要回去好了。」

「或許這樣比較好，對了，既然這樣，我今天可以睡妳的床嗎？今天眞的超冷的。」

室友所睡的床靠窗，每次睡覺臉上都會被寒風侵襲，而妳睡的床是靠內側，相對比較溫暖。妳答應了室友的請求，達成共識之後，爲了安全起見，妳決定先不要回去公寓，而是在外面找地方混過這個晚上。但今天晚上的溫度寫下了今年的新低，身上穿的外套似乎不太能阻擋深夜的寒冷，而逐漸冰冷的四肢，在跟妳吶喊著想回家鑽進被窩裡睡覺。

那麼接下來，妳會怎麼做？

◎外面的天氣實在太冷了，找旅館的話又是一筆花費，還是直接回去睡吧，搞不好前男友已經離開了。↓【結局A】

◎找間旅館好好地睡一覺，明天早上再回家。↓【結局B】

◎採取最謹慎的作法，再打電話給室友，請她再度確認前男友還有沒有在外面逗留之後，再決定要不要回去。↓【結局C】

【結局A】

當妳回到公寓後，在外面並沒有遇到前男友，這讓妳放心不少。

回到房間後，聽到室友躺在妳床上呼呼大睡的鼾聲，她現在已經睡熟了吧？爲了不吵醒她，妳連電燈都沒開，輕輕地動作著，收拾完東西之後便睡到室友的床上，雖然窗戶吹進來的風很冷，但還是比在外面瞎混的好呀。

翌日清晨，當妳起床之後，鼻子先聞到了一股血腥味。

接著看到睡在妳床上的室友躺在血淋淋的床單上，原本該在枕頭上的頭部卻不存在了，她的頭部以上已經空無一物。

原來前男友根本沒有離開，他在外面等著妳回到公寓，並且等妳也睡著後，偷偷地闖了進來，他以爲躺在妳床上的人就是妳，黑暗之中也沒有看清楚，病態的心理讓他直接把室友的頭砍了下來，用毛巾裹著逃走了。

也許他回到住家打開毛巾，發覺帶回來的並不是妳的頭，現在正在考慮要不要回來找妳，也可能……

他現在已經回來，正在門口也說不定。

【結局B】

妳狠下心，花了錢在旅館度過了溫暖的夜晚，一直睡到翌日九點後才回到公寓。

回到公寓，看到室友還躺在妳的床上睡覺，妳不想吵醒她，所以放輕了動作打開電腦，想先上網在臉書上發一篇責備前男友激進行爲的發洩文章，不過這時妳想起了室友在昨晚說過的一件事。

她說過她隔天要上早班，既然如此，這個時間她應該不會出現在房間裡才對……

這種想法一出現，妳馬上轉過頭，而在妳床上的人也在此時將臉露出了被窩，兩張臉就這樣面對面，接著其中一張臉露出了冷笑。

【結局C】

妳打給室友後，室友接起了電話，如妳所料，她的聲音聽起來就是剛被吵醒的樣子，相當地模糊不清：「喂，怎麼啦？」

「對不起又吵醒妳啦，現在他還有在外面嗎？」

「不知道……我已經睡著了，懶得再過去看了。」室友說：「如果妳眞的那麼擔心，爲什麼不直接在外面過夜啊？」

「吼，在外面過夜很不安全耶，住旅館又要花很多錢。」

「不然妳去那個誰家裡好了，上次我帶回來的那位朋友妳應該還記得吧？她應該還沒睡，我跟她說一下就好了，她應該會讓妳過去住一晚。」

這時想起來了，上次室友有帶一位相當成熟的朋友回來，很有大姐頭的味道，人很不錯，而當時妳也有把前男友的問題說給她聽，她也給了不少建議。

這種時刻，她絕對是最有力的夥伴，妳覺得這個建議不錯，便說：「好啊，不過我不知道她家在哪耶……」

「我記得好像在◯◯街◯號吧，沒有很遠，妳去那邊之後再按個電鈴，應該沒有問題。」

「我知道了。」很高興終於找到了可以過夜的地方。

但有一件事，妳不知道，室友也不知道。

那就是當妳打電話的時候，前男友已經偷偷潛入房間中，在床底下偷聽著你們的對話內容。

也許在那個住址等著妳的，會是先一步趕到，帶著刀子的前男友。

後記

恐怖小說導讀

這是一篇小說，也是一篇導讀。

而我要先警告，這篇小說非常危險，自制能力不足、意志力薄弱者，切勿閱讀，否則出了事我概不負責。

另外，在閱讀此篇小說時，請先準備好下列物品。

第一：請先準備一把刀，種類不拘，瑞士刀、美工刀、菜刀都可以，但不可以像是指甲刀那種毫無殺傷力的刀。

第二：準備一個袋子，不用太大，也不能太小，一般便利商店的那種購物袋或塑膠袋就好了。

第三：建議兩個人一起閱讀這篇小說，理由等一下你會知道。

前兩樣物品在家裡應該都可以找得到，花個幾分鐘去找一下，然後放在你的書旁邊，等等會用到。如果沒有這兩樣東西，那麼這篇小說對你來說將會非常枯索乏味。

如果你看到了這一行，那麼我就當你都已經準備好了，現在你的書旁有一把刀跟一個袋子，而且是兩個人一起在看這篇小說。

但我還是要再警告一下，自制能力不足的人看到這裡就可以了，我建議你馬上闔上書本，而有把握能控制自己的人，就請往繼續往下看。

✝ ✝ ✝

這是關於兩個恐怖小說家的故事，一個是我，一個是我的好朋友，也就是這本書的作者，路邊攤。

我們同時出道，風格也都差不多，主要都是恐怖血腥類的走向，但那都是以前的事了，我現在已經不是恐怖小說家了，我不再寫小說，並且消聲匿跡，出版社、編輯、許多作家好友們都嘗試聯絡我，但我並不想接他們的電話。

我要說一句眞心話，那些恐怖小說家、在故事裡隨意殺人的傢伙，全是一群王八蛋。

問我爲什麼會這麼說？我是突然領悟到的，剛出道時，我總會隨著小說裡的血腥情節興奮到發抖，但現在我不會了，我只感覺到罪惡。

那個時候，我正在寫一個凶手將高中女生大卸八塊的橋段。突然我心裡閃過一個念頭：「一個漂亮的女生，就這樣死了啊……」

剛開始，只是一個念頭，但後來，竟變成我的心魔。

「一個漂亮的女生，就這樣死了啊……」這個聲音一直在我心裡響起，就像一個老舊錄音機一樣，一直在我腦裡Replay。

也是在那個時候，我領悟了，一般人會說：「一個漂亮的女生，就這樣死了啊……」這種話的時候，通常都是看到了關於變態姦殺犯的報導時，將這句話脫口而出，而我竟然看著自己的小說，就閃過這個念頭。

世人認爲那些姦殺犯沒有資格奪走別人的性命，那麼恐怖小說家是否有資格奪走書中角色的性命？

你可能會說，那些只是角色，是小說家憑空創造出來的，根本沒有靈魂。

但如果有呢？

如果每個角色在被創造出來的時候就有了靈魂，那我究竟在無意中殺了多少人？

當我領悟這點時，我馬上將電腦砸爛，不再寫小說了。

那天晚上，我翻遍了所有我寫過的小說，記下每個曾經死在我筆下的角色，然後一一爲他們祈禱。然後我把書櫃上所有的書都撕成了碎片，不管是我寫的或是其他作家寫的，我全都憤怒地將它們撕了。

如果你覺得我很蠢，那是因爲你還沒深刻體會到，接著就會讓你體會到了。

某天我看雜誌，看到了路邊攤出新書的消息，新書上標榜著什麼突破極限、讓讀者嚇到破膽之類的話。新書上架那天，我去書店裡面看了內容，然後在書店裡將書撕了。

一如路邊攤的風格，血腥的情節，在他的書裡，一條人命比一隻螞蟻還不如，他可以兩行字就殺掉十幾個配角，抹殺一堆靈魂。

你憑什麼這樣做？主角是人，配角就不是人嗎？

我走出書局，回憶著路邊攤的住家地址，以前我曾去過他家一次，現在我還要再去一次。

✝ ✝ ✝

好，先到這裡，當你讀到這裡時，請再確認一下刀子跟塑膠袋子是否準備好了，並確認你們是不是兩人一起在看這篇小說。

我先說清楚，之所以要你們兩人，不是因為下面的情節會很恐怖，而是會很危險，所以為了預防萬一，請兩人一起閱讀。

✝　✝　✝

路邊攤在家，我在他家樓下打電話給他，他的語氣很驚訝：「你在我家樓下？」

「嗯，能進去一下嗎？」

「當然，不過這段期間你到底跑去哪啦？」

「進去後再跟你說吧，先來開門。」我懶得跟他廢話，直接掛掉電話，等他來開門。

路邊攤一個人住，有時會帶女朋友回家炒飯，不過今天應該是沒有。路邊攤開門請我進來，並丟給我一罐啤酒。

「你到底跑去哪裡啦？編輯……甚至還有你的讀者，都跑來問我你怎麼消失了，連網誌也沒有更新了，怎麼搞的？」路邊攤打開啤酒罐，呼嚕嚕地灌了起來。

我看著手中的啤酒罐，並沒有喝的打算，我早戒酒了。

「我看了你的新書。」我說。

「是嗎？」路邊攤擦擦嘴巴，笑道：「看來你還是有在關心我的嘛，怎麼樣?覺得好看嗎？」

「接著。」

「嗯？」

我將手上的啤酒罐緊握，往他的臉上砸了過去，路邊攤沒有防備，臉上硬生生接了這一擊。

他壓住臉在地上打滾，一邊大叫著好痛，我則將在口袋裡的東西拿出來放在桌上，一把美工刀，跟一個便利商店的購物袋。

趁著路邊攤還在地上打滾，我在他的肚子上補了幾拳，然後將他拖到沙發上，狠狠地瞪著他：「你也知道會痛啊？」

「你……啊……我的鼻子……幹！我的鼻子扁了啦！」路邊攤的鼻子的確被啤酒罐給砸扁了，看上去十分可笑。

「閉嘴。」我從桌上抄起美工刀，抵在他的脖子上。

路邊攤閉嘴了，眼神驚恐地看著那把美工刀。

「我記得你新書的開頭，是犯人割斷了一個上班女郎的喉嚨，然後趁著她還在掙扎、還沒斷氣的時候強姦她，是吧？」

路邊攤戰戰兢兢地點了一下頭。

「搞不懂你腦袋裡裝什麼，竟然能想出這種情節。」我替那名遇害的上班女郎默哀。

✝ ✝ ✝

故事情節先進行到這裡，請你們拿起準備好的刀子，然後請其中一人拿刀子抵住另一個人的脖子。

力道拿捏請自己掌握好，但動作請不要做得太假，建議兩人輪流進行。

如果你是獨自在看這篇小說，請自己抵住自己的脖子。

請用刀鋒，不要用刀背，謝謝。

被刀子抵住脖子的那位，請想像一下，現在抵住你的假設不是你朋友，而是一個殺人魔，該怎麼辦？

我要你認眞地去想像，這個殺人魔打算割斷你的喉嚨，然後你會感覺喉頭一痛，喊叫不出聲音，血會充斥在你的氣管裡，你只能發出咕嚕咕嚕掙扎的聲音。

你不會斷氣，還不會，而這時殺人魔會脫下褲子，強姦或雞姦你，你就在這兩種煎熬中死去。

當這樣的事情是發生在你身上，而不是發生在小說裡的那些角色身上，你作何感想？

你還會鼓掌叫好，說好好看嗎？

想清楚吧，當死亡威脅眞的面臨時，你會有什麼感覺。

† † †

「感覺如何？如果我現在割斷你喉嚨的話，你會覺得高興嗎？」

路邊攤不敢回話，也不敢搖頭，他完全嚇傻啦。

當然我並不打算眞的割斷路邊攤的喉嚨，但他本人是已經完全當眞了，看他一副嚇到快挫屎的樣子。

相信他已經體會到了，很好。

接下來是第二步。

「這也是你新書的情節，對吧？」我放下刀子，拿起塑膠袋往他頭上套。

✝ ✝ ✝

相信你們也知道我接下來要說什麼了，請其中一位拿袋子套住另外一位的頭。而獨自閱讀的，請自己套住自己。

想像一下吧，如果現在拿袋子套住你們的人並不會鬆手，他會等你在袋子裡窒息死了才鬆手，你會怎樣？

袋子裡，你會感覺到悶熱，沒有氧氣，越來越難呼吸，你的一生就這樣被便利商店的購物袋給悶死了，不嘔嗎？

負責拿袋子套住另外一位的人請注意，不要輕易鬆開手，這不是在玩，而是認眞的體驗死亡，你要讓另外一位多體會一下面臨死亡的滋味。

但是注意，力道請自己拿捏好，若有稍微喪失意識的情況發生，請馬上鬆手。

請輪流進行，好好親身體會一下這種感覺。

✝ ✝ ✝

我反覆在路邊攤的身上這樣進行了五次，他也從死亡邊緣遊走了五次。之所以會進行那麼多次，是要讓他深刻體會到被悶死的感覺，那種感覺究竟有多難受。

當第五次過後，他昏過去了，但還沒死。可能是因爲過度缺氧吧……我往他的臉上潑了三杯水都沒用，他仍然昏死，或者是故意裝死的。

沒關係，我相信他已經深刻體會到死亡的感覺了。一個在小說裡殺了無數人的恐怖小說家，終於跟死亡近距離接觸了。

✝ ✝ ✝

最後，我要請你們到自家的屋頂，或是到住家附近高樓的頂樓，看著下面跟螞蟻一樣小的人跟車輛，想像一下如果自己從這裡摔下去，會變成怎樣。

如果你想領悟人生道理，或許可以跳下去看看，在到達地面的那一段時間，說不定你會跟我一樣，領悟到一些事情。

這是一篇小說，也是導讀，恐怖小說專用的導讀。

所有的恐怖小說家跟恐怖小說迷都應該看這篇導讀。

這篇導讀也該印在每本恐怖小說的開頭。

如果你沒有經歷過死亡邊緣，就不要以兒戲的心態，看待小說裡死去的角色。

我相信他們也有靈魂。

† † †

「路邊攤老師，你新寫的短篇作品〈恐怖小說導讀〉，我們這邊已經收到並看完了，寫法上很有創意，市面上目前還沒有看過這樣的作品。用另一位作家的視角來敘述、並且由您本人在故事中客串的巧思也很有意思，我們計畫把這篇作品收錄在您的新書中〈後記〉的部分，若有需要任何更改，請再跟我們說一聲。」

收到編輯的訊息後，我回傳了這樣的內容：「我沒有其他地方需要更改了，請直接用這樣的內容就好。」

訊息發出，一切都定案了。

我回過頭，看向坐在我後方的路邊攤，他的眼睛微微睜開，看來總算恢復了一點意識。經過長時間的缺氧後，我懷疑他還能不能重新思考，想起這一切到底是怎麼回事。

爲什麼會有陌生人闖入他家，並拿刀子跟塑膠袋脅迫他，讓他體驗在死亡邊緣徘徊的感覺？

可惜了，我對他來說，明明不是陌生人的。

「你新書的最後一篇故事我已經幫你完成，並寄給編輯了，相信不久後你就能看到了。」

路邊攤眨動著眼皮，他的嘴唇就像垂死的昆蟲翅膀般微弱顫動著，似乎想跟我說些什麼。

「你是想問我是誰，爲什麼要這麼做吧？」我蹲到他面前，說：「我是你創造出來的，你不認得我了？」

路邊攤沒有發出聲音，他的意識應該還在遙遠的某處，沒有完全回來。不過我還是回答了他沒有問出口的問題。

✝ ✝ ✝

我是誰？

恐怖小說並不是讓人看完後會覺得開心的小說，而是會讓人感到絕望、陰鬱、感到恐懼的作品。每種恐懼以及負面情緒都有他的生命力，當一位作家的故事帶給讀者的眾多恐懼集合起來時，就創造了我。當你們買下這本書，翻到這一頁、看到這一行字時，這本書所帶給你們的恐懼，也都成爲了我的生命力之一。

你們在閱讀過程中所感到的恐懼來源，是書中角色的犧牲所給予的。

不管現在拿著這本書的你是讀者或是創作者的身分，請用最嚴肅的態度去看待這些死亡，好好體會他們的犧牲有多重要。

國家圖書館出版品預行編目資料

你敢不敢一起來？：路邊攤詭誌錄 / 路邊攤著. --初版. -- 臺北市：圓神, 2020.08
240 面；14.8×20.8公分 --（圓神文叢；276）

ISBN 978-986-133-724-1（平裝）

863.57　　109008680

Eurasian Publishing Group
圓神出版事業機構
用心與你對話．視野無限寬廣
圓神出版社
Eurasian Press

www.booklife.com.tw　　reader@mail.eurasian.com.tw

圓神文叢 276

你敢不敢一起來？——路邊攤詭誌錄

作　　者／路邊攤
繪　　者／安品anpin
發 行 人／簡志忠
出 版 者／圓神出版社有限公司
地　　址／台北市南京東路四段50號6樓之1
電　　話／（02）2579-6600．2579-8800．2570-3939
傳　　真／（02）2579-0338．2577-3220．2570-3636
總 編 輯／陳秋月
主　　編／吳靜怡
專案企畫／沈蕙婷
責任編輯／林振宏
校　　對／林振宏．歐玟秀
美術編輯／林雅錚
行銷企畫／詹怡慧．朱智琳
印務統籌／劉鳳剛．高榮祥
監　　印／高榮祥
排　　版／莊寶鈴
經 銷 商／叩應股份有限公司
郵撥帳號／18707239
法律顧問／圓神出版事業機構法律顧問　蕭雄淋律師
印　　刷／祥峯印刷廠
2020年8月　初版

定價 330 元　　ISBN 978-986-133-724-1
版權所有．翻印必究
◎本書如有缺頁、破損、裝訂錯誤，請寄回本公司調換
Printed in Taiwan